尋找結衣同學 II

絕望的歸途

胡杰・著
迷子燒・繪

目次

做完了SPA，再說吧

1

走完了西半部的旅程後，嚴峻的試煉，才要揭開序幕。

臺灣的東半部地形狹長，縣際既沒有便捷省時的高速公路，也沒有太多的交通線可選。吉娃娃手機裡的電子地圖標示，走台九線從屏東到花蓮全長三百零一公里，車程逾五個小時。

這對兩天下來長征哩程破千、開車開到手軟腳癱的我來說，近似於雪上加霜。

長痛不如短痛。因此在餐廳揮別「愛相隨」民宿的老闆娘後，我們便馬不停蹄地在南迴公路上奔馳。

「柯老師，同學說，余紹恩的……昏迷指數有好轉了。」

在副駕駛座上穿毛背心搭單寧褲的吉娃娃盯直手機說。

余紹恩？對喔，我不僅快忘掉他的事，還都快忘掉他這個人了。

要如何重修他被當掉的學分，還要補救他住院時缺上的課與缺考的試，讓他明年六月如期畢業，就考驗著柯老師的智慧了。

考驗著柯老師的智慧……

我要真有智慧的話，就不會淪喪到在北華大學兼任七年都擠不上專任、還非法囚禁日籍女交換生森永結衣的這般田地了。

我哪有什麼智慧啊？

「妳是怎麼知道的？」

「看湯浩宣臉書的最新動態。他這幾天，都在……余紹恩的病房裡打卡。」

湯浩宣？

「都在病房？他跟余紹恩有那麼『麻吉』喔？」

「這個……好像也沒有耶。」吉娃娃搔著瀏海：「他們並不是同一個路數的人。」

「如果要用一個字蓋棺論定，余紹恩是『痞』，而湯浩宣就是……」

「『娘』。」

「『娘』？」

是我耳背嗎？

「湯浩宣在我們班上的外號……就是『準偽娘』啊，柯老師不知道嗎？」

「『準偽娘』？」這是新世代創出的怪詞：「那是什麼東西啊？」

「柯老師都不看……也不玩ＡＣＧ的嗎？」

「ＡＣＧ？」

又是一個新世代創出的怪詞，我最好會瞭。

「那不是怪詞，而是……三個英文字的縮寫啦，柯老師。」我與吉娃娃的師生地位逆反了過來：

「Ａ是Anime，動畫；C是Comics，漫畫；G是Games，遊戲。所謂的『偽娘』就是ＡＣＧ的術語，泛稱有女性外觀的男性。」

「可是，蓄三七分頭而戴副細框眼鏡、看來斯斯文文的湯浩宣，說不上有什麼女性外觀啊。」

「所以……才叫他『準』偽娘嘛。」吉娃娃邊用夾子清鼻頭的粉刺，邊說：「柯老師上課時，沒有察覺到……他很娘嗎？」

「沒有。」我上課時，有一一過濾掉男學生、眼中只剩女學生在的特異功能：「妳們同學早就對他的性向議論紛紛了嗎？」

「不是議論紛紛，而是……見怪不怪。」

拔出一根粗顆粒的粉刺時，讓吉娃娃叫了一下痛。

「見怪不怪？妳們這些新新人類，也真是的……」

「柯老師，就別像個老頑固般……在數落啦。現在……什麼時代了，多元都可以成家，不是嗎？男生……娘他們的，我們女生……man我們的，井水不犯河水、河水不犯井水，不也挺好的嗎？」

「那麼，湯浩宣有……男朋友嗎？」

「傳聞他對一九三公分高的……籃球校隊明星前鋒，土地資源學系……三年級的學長邢念祖一見傾心。」清完鼻頭粉刺後，吉娃娃開始往臉上敷面膜：「柯老師要看邢念祖的照片嗎？」

雖然我說了「不」，她還是硬把手機螢幕擋在我的視線前。

就是一個膚色黝黑的陽光帥哥嘛，不過在照片中身著燕尾服的邢念祖，繞著眼窩畫了濃濃的眼線……

「那是……他們系上戲劇公演的謝幕照。」

土地資源學系為什麼會和戲劇公演沾上邊？可能，是我少見多怪吧。

「……很帥很帥。」我敷衍道：「那湯浩宣跟邢念祖這段男男戀，有修成正果嗎？」

「什麼……修成正果啊？柯老師不要害我……笑出來好不好？這樣面膜會皺掉。」吉娃娃敷了面膜的白臉看上去怪不可言：「他們從沒在一起過。湯浩宣那傢伙啊，只是……在單相思。像邢念祖……那麼有異性緣的人，女性粉絲多到列隊給他性交都性交不完了，哪有空理男生啊？」
性交？她口無遮攔的老毛病又犯啦。我挑了挑眉，說：
「我想，湯浩宣在余紹恩的病房裡不離不棄的真相應該大白了。」
「……真相是？」
「妳要聽嗎？湯浩宣因為追不到土地資源學系的籃球校隊明星前鋒，就改對余紹恩這個行銷管理與流通學系的痞子出手啦。」
「哇，柯老師……也太有才了吧？哈哈哈哈，這個猛、這個猛。嗚，面膜……皺掉啦，柯老師要再賠我一張……」

像這樣嬉鬧，彷彿就能把時間快轉。
咻一下地，開在西屏中央山脈、東臨海岸山脈的花東縱谷公路上的車子就到了池上。
我把車停在比客運站還小的火車站前，與吉娃娃走到門口放了兩節火車頭的那家便當店。店內人山人海，等超久才等到座位。
盤旋在座位間的蒼蠅有夠多，趕都趕不跑。
吃完著名的池上便當後，由於禁止車輛遝入，所以我和吉娃娃租了腳踏車繞去新興的觀光景點伯朗大道。在一片金黃色的稻田中，有三、四株賣相較佳的茄冬樹下擠滿遊客與遊客亂停的腳踏車。
遊客最多的那一株，就是「金城武」樹了。與它合影留念後，我們重新上路。
「拍到了、拍到了，不虛……此行啊。」吉娃娃喝著不知道是什麼時候買的手搖飲料問我：「柯老師，那位『小宮亞實』同學，是個什麼樣的人呀？」

小宮亞實啊……

「吉娃娃同學，妳這問倒我了。第一，她是資訊管理學系而不是行銷管理與流通學系的交換生；第二，我只有在去年的管理學院交換生迎新晚會中與她有過一面之緣。所以……」

「她不是……去年的交換生代表嗎？不是有上臺致詞嗎？」

「是啊。」

「她的中文如何呢？」

「她的中文……」

小宮亞實的中文發音與用字都好得讓人驚豔。因為，北華大學並不是她第一個來臺交換的學校。

「五年前，我來唸過臺灣的國中。」她在臺上致詞時這麼說：「雖然只唸了一個學期，但讓我更愛臺灣的人與土地，即使賭上性命，也要再回來。」

賭上性命？臺灣控的基本教義派嗎？

她輕拂髮梢，笑道：

「我很高興實現了自己的諾言，又回到臺灣了。」

臺下又是一陣喝采聲。這樣的迎新晚會與選舉造勢，只有一線之隔。

「雖然我現在只是一年級，但是在這個學期的交換學習結束後，我將會以外籍生的身分繼續在北華大學註冊，唸到我大學畢業為止……」

這麼愛臺灣？愛到連大學都要捨日本而在臺灣唸啊？

一樣米養出百樣人啊。但是……

吉娃娃登入北華大學的學生專區，輸入小宮亞實的名字後，卻只能跟這樣的字句乾瞪眼：

沒有吻合的資料
「……她食言了？所以，愛臺灣、回臺灣唸大學什麼地，只是……日本人的場面話嗎？」
然而……
長髮大眼、細皮嫩肉的小宮亞實，去年站在海島渡假飯店包廳的臺上時那真摯而懇切的口吻，怎麼也聽不出有虛假的成分。
那應該是真情告白才對。那麼，是什麼原因，讓她臨陣退縮了呢？
「或許可以問一下資管系那邊……」
我說。可能是飲料塞住了，吉娃娃用吸管攪拌著手上的紙杯：
「柯老師在……資管系有熟人嗎？」
「這個嘛，沒有。」
我是在行銷與流通管理學系兼任，沒有上資訊管理學系的課，也沒有那邊的人脈。
在北華大學兼課七年來，我只和一位資管系的專任教師講過話，那就是在去年的管理學院交換生迎新晚會中，坐在我鄰座的紀國淵副教授。
他也是資管系交換生的指導老師。就問問他吧！我取出手機，連上資管系專任教師的網頁……
從上找到下，又從下找到上；教授、副教授、助理教授、講師的欄位都沒遺漏。可是，就是遍尋不著「紀國淵」這三個字。
吉娃娃滑一滑她的手機，就解救了我。
「柯老師，那個紀國淵副教授，上學期……就已經跳槽到國立福爾摩沙大學的資訊管理學系去了啦。」

「是喔？他還是副教授嗎？」

「……還是副教授。」

「那妳幫我寫一封信去問他好了。」

為了怕她寫得不夠得體，就由我口述如後：

紀國淵副教授道鑒：

闊別良久。去年年底，在海島渡假飯店舉行的北華大學管理學院交換生迎新晚會中曾與您相談甚歡。一方面對您俱佳的學養不勝欽佩之意，另一方面也對您調教出來的日籍交換生小宮亞實同學另眼相看。像她這麼傑出的學生不知何故，最終未能信守承諾，延續她在北華大學的學業，頗費人疑猜，尚祈賜告。耑此　敬頌

教安

「我的……媽呀，好八股、好做作的信喔！柯老師是……坐時光機從上古時代來臥底的人吧？」

「唉，人在江湖，身不由己啊。給學術圈裡的人寫信，不八股、不做作怎麼行呢？」

「咦？」吉娃娃對著紀國淵在國立福爾摩沙大學資訊管理學系「師資陣容」中的照片發噱：「他長得跟柯老師很像哩。」

「是啊。去年迎新晚會同桌的老師都說，我們有明星臉呢。」

小鼻子、小眼睛、小嘴巴，髮型也一個樣。這樣的我寫信給他，他應該不會不賞臉吧？

吉娃娃伸直食指，按下了「寄出」鍵。

2

車子從花蓮市郊上了山。

在晚霞的映照下，「尤蘭達」旅館別有一番朦朧之美，並顛覆了我對於「旅館」二字的認知。受制於零碎的地形，而將停車場、接待櫃檯、客房、餐廳、ＳＰＡ館、運動館打散，分建於平行的山坡地上。縱眼全臺灣，或許也沒有別的旅館能出其右了。

館區間的山路上禁行機動車輛。因此，我將車停在海拔最高的露天停車場後，必須在寒冷的山巒霧氣中過山路步行到較低地勢的接待櫃檯check-in，再步行到更低地勢的客房區去，以此類推。

「吉靜如同學，今天我們是像前晚一樣分睡兩房，還是像昨晚一樣共睡一房？」

「這間旅館的房間……也很搶手，所以我們像昨晚一樣……睡一房。」

Bravo！

Check-in時，櫃檯人員看出我筋疲力盡，便趁勢推銷她們的ＳＰＡ療程。

「我們有紓壓的按摩、深層的按摩，還有『熱石』的按摩……」

「熱石」按摩？讓我想到石頭日式燒肉：

「那是什麼？」

櫃檯人員背誦出一整段「能量礦石能治百病」的奇效，讓我有被江湖術士使詐之感。

「這礦石什麼的，下次好了。而妳說的紓壓與深層按摩……」

「柯老師，我要……深層的。」吉娃娃敲起邊鼓來：「前天……在南投的時候，我就已經想按摩了。」

為了一遂她在環湖纜車上的心願，我也只能破費啦。

「我們的深層按摩是一小時三十分鐘，單人收費三千五百元。」

櫃檯人員說。三千五百元？貴到爆……

「如果縮短為一小時，能不能算便宜一點？」

把旅館當菜市場殺起價來的我，被櫃檯人員碰了個軟釘子：

「我們的療程時間都是從一小時三十分鐘起，可以延長，但沒有辦法縮短喔。」

媽的，那麼硬。

「好吧？那就……」

「兩位都是深層嗎？」

兩位？我沒說我要啊？

這就好像電信公司自發性地為消費者升級網路，然後再寄帳單來強迫買單一樣。

「一位就好了。」

我一說，吉娃娃就又跳了出來：

「一位？柯老師開了三天的車耶，應該……比我更渴望被按摩吧？」

「不，我沒那麼……」

「這位妹妹說得對。」櫃檯人員乘人之危：「購買雙人療程才有個伴。否則，一位在被按摩的時候，另一位要幹什麼呢？」

「對呀對呀……」

吉娃娃說。就這樣，被她壞了我想省錢的好事。

單人收費三千五百元，雙人收費就是……七千元！我的天啊！這麼一下，我兼課十堂，不，十一堂的鐘點費就沒有了！

嗚呼哀哉……

「刷卡還是付現？」

沒心肝的櫃檯人員問我。要命了，我哪來那麼多的現金啊？

「刷卡……」

只能交出信用卡任人魚肉。

「謝謝。」

財都破了，也得扳回一城吧。我問操作刷卡機的櫃檯人員：

「我們按摩的時候，兩個人可以在同一個房間裡嗎？」

櫃檯人員置若罔聞。她刷了卡，將卡與簽單給我。

我簽完後又問了她一遍，她才換上一副愛理不理的嘴臉說：

「這部分，ＳＰＡ館那邊會為兩位處理。」

接著就去忙她自己的事了。

好想、好想掐死她啊！

3

領了房卡後，我和吉娃娃走出接待櫃檯區，又在寒冷的山巒霧氣中過山路，步行到更低地勢的客房區去。

沒幾步，就險些撞上走在我們前後的數批房客。

在客房區到接待櫃檯區的反方向上嬉笑的房客亦絡繹不絕。就在這樣旅館房客穿梭於山路間的奇觀中，我和一位熟面孔擦身而過。

「黃博文教授！」

對方就像是在炫耀自己的博聞強記般，把我從上到下打量一回後，就在這鳥語花香的山路上縱聲道：

「是北華大學行銷管理與流通學系的兼任助理教授柯宇舫老師吧？」

我那難為情的頭銜，就這麼被他公諸於世。

黃博文教授是花蓮流東大學行銷與物流學系的專任教師。四年前，我還有在該系兼課的時候，數度著過他的道。

譬如說，他會在前一天的深夜打電話過來，說他明天另有要事，請我去幫他代課。

「不過就是門大一的選修科目，柯老師上起來，易如反掌的。」

一次、兩次這麼代課不打緊。當一個學期的十八週中有十一、二週都被這麼請託，以致我這名代打上場的時數比他這個正牌老師還多時，就讓我想釋懷也釋懷不起來了。

因為，一碰到錢，他就避而不談。每一筆我代課的鐘點費，都被他搓湯圓搓掉了……

課是我在上，錢是他在領。

照理講，他對我既無師生之誼，也不像李勇良是我菲律賓拉帝薩大學行銷管理系博士班的學長。我儘可走自己的路，而並沒有賣他人情的義務。

都是「以和為貴」的迂腐觀念誤了我。而他也樂得利用這一點對我予取予求，收編為他麾下不支薪的志工助理。如果我不是只在流東大學兼課一個學期的話，天曉得還要為他打多久的雜、幫多久的傭。

年過六旬的他，染色後全向後梳齊的黑髮上盡是髮油味。雖然貴為教授，但他那副兇神惡煞的尊容，恰似電影裡演的黑幫老大。

「久違了，是什麼風把黃教授吹來的？」

「是託我博士班學生的福。」黃博文教授將他穿褐色夾克的上半身側向他身後的跟班：「他的女朋友在這間旅館工作，住宿能拿員工價，差很多喔！」

就在他洋洋自得地精算時，他的跟班學生朝我點了點頭。

是位剪五分頭、戴深度眼鏡、舉止「閉數、閉數」的三十歲大男生。即使加了外套，也能目測出他瘦得像紙片人一樣。

我也朝他點點頭後，將臉轉回黃博文教授的方向說：

「黃教授真是太罩得住了，我們萬萬不及啊！」

學術圈的生存法則就是休管這些大老說什麼，卯起來灌迷湯就是。

可能是聽多了，黃博文教授佈滿老人斑的臉上毫無喜色：

「柯老師又是被什麼風吹過來的啊？」

開始刺探我了。與女學生出遊的事如果被他攤在陽光下，我不如一死了之。

「哈哈哈，沒有沒有，就一個人出來走一走、散散心。哈哈哈，黃教授，再聊囉……」

千幸萬幸，吉娃娃已經往前不知道走到哪裡去了，否則我就是跳進黃河也洗不清啦。

「再聊再聊……」

「再聊」的意思就是「不聊」。與黃博文教授師生莎喲娜拉後，驚魂甫定的我就像個遇挫討乖的小孩一樣，跑著追上吉娃娃去：

「吉靜如同學、吉靜如同學，妳聽我說，我剛偶遇了哪個瘟神，妳知道嗎……」

4

「尤蘭達」旅館的七三一號房走的是頹廢風。稍一失神，就會踢到大床四角的石柱而血流如注。大床被安放在比地面隆起數十公分的的石座上，大床後方的湯池區也鋪了石板。赤腳踩在這些原始的材質上時，我自覺就像個土生的野人一樣。

床前的牆邊擺了長方形的木桌與正方形的木凳。木桌上放有旅館的住房須知、便條紙以及原子筆等用品。

我們人是入房了，但行李還沒有被旅館的服務人員運來，只好坐在床上看看電視、滑滑手機。看電視的是我。眼睛定住螢幕上來賓針鋒相對的政論節目，卻心猿意馬，肖想著手指在手機上忙個不休的吉娃娃。

我溜轉眼珠，斜瞥向她盤坐著的膝蓋。

天底下沒有人的胴體無懈可擊，吉娃娃也不例外。她的雙膝膚色較深，而且像小學生般有累累的黑青傷痕。但只因為她不是別人而是吉娃娃，光這樣的雙膝，就足令我眼迷心蕩了……

就算要我親那些傷痕、舔那些傷痕，我柯宇舫也甘願。倏然，那些傷痕動了動。

吉娃娃把她那雙粉嫩的腿一伸，頂到了我的屁股。彷彿帶電的她，讓我從頭麻到腳。

「柯老師，我的遠房堂姊……寄來了一個以森永結衣同學為名的壓縮檔。」

唔……

眼見她並無收腿之意。再這樣電下去，我也要被電縮成個壓縮檔啦。

「那個壓縮檔妳解得開嗎？」

我用手掌撐住床面，將身子貼向吉娃娃。

「還在……奮鬥中。柯老師也知，手機與ＰＣ的……作業系統不同，兩者各有各的解壓縮工具。我先試著下載一個免費的用用看……」

乘著吉娃娃全神貫注於手機之便，我翻過左手背，磨蹭起她的大腿來，並講話好分她的心：

「免費的應用程式多中看而不中用。在功能與效期上，也都被綁手綁腳地……」

我知道這麼做很不入流，但光明磊落的下場，就是和自己內心的慾望過不去。而且，我用來吃她豆腐的左手是藏在被單裡的。如果她感覺大腿有異，我大可拿被單來當成代罪羔羊。

不是我，是被單；不是我，是被單……

我就這麼磨蹭來、磨蹭去、磨蹭來、磨蹭去……

「……啊！」
吉娃娃大呼一聲。我忙道：
「怎麼啦？」
「脖子……扭到了。」
還以為是我被抓包了咧，害我快得像什麼似地縮手。
「扭到了？是落枕嗎？」
吉娃娃把她的柳葉眉皺成了八字眉：
「我又沒有……在睡覺。是扭到，不是落枕啦。」
「這就是手機滑太久後，肌肉所傳達出的警訊。」
「柯老師，不要再……說東說西了。」吉娃娃單手撫頸，叫苦連天：「人家好痛……好痛呀。」
「等深層按摩的ＳＰＡ療程開始，芳療師就可以為妳止痛了。」
「我現在就……快痛死了。等療程的話，緩不濟急啊……」
我被吉娃娃楚楚可憐的樣子打動，而自告奮勇道：
「妳容許我先替妳的脖子按一按嗎？」
「柯老師，求之不得……」
「論按摩，我是個門外漢，不能保證能止痛喔。」
「別說了。就算按得……再爛，都比不按強。柯老師，就行行好，快按吧……」
「那我就恭敬不如從命了……」
請吉娃娃俯臥後，我跪坐在床上，十指在她的後頸上使力按壓。

按起來體溫很低，弄不清是她的後頸冷，還是我緊張的指尖更冷。
「是這邊痛嗎？」
「再往下一點……再往下一點……」
側臉壓在床上的吉娃娃，聲音聽來也扁扁的。
「這邊嗎？」
「……再往左一點，對對對，就是那邊。哇！痛痛痛痛痛……」
「那我按輕一點……」
「痛痛痛……」
「那我再按輕一點。」
「也不能太輕，太輕……就沒效了。」
「那我再按重一點。這樣的力道可以嗎？」
「可以可以，這樣……ＯＫ。」
吉娃娃的脖子按起來像小嬰兒一樣又細又軟。如果我力道沒算準，下手粗暴了點，很可能會將她的頸骨折斷。

喀喳、喀喳……

惡念一閃即過。我的十指，繼續在她脆弱的後頸上使力按壓。
也許是我跪坐為她按摩的姿勢太不合人體工學了。按著按著，我的十指指節與腰都酸得非同小可。

吉娃娃知道後，說：

「要是……能跨坐在我身上，就不會那麼酸了吧？」

「這……應該吧。」

「那麼，柯老師就……請吧。」

「哦？可以嗎？」

我邊問吉娃娃「可以嗎」時，邊已從她背部上方跨過一隻腳去。

「ＯＫ的啦……」

雖然她自願請鬼開藥單而引狼入室，但我還是沒敢造次，只用我的腹部與大腿承擔體重，跨過她跪在床上而沒坐在她身上。

結果，不稱意的是她而不是我：

「……柯老師，坐上來啊。」

我已經仁至義盡，她卻還催我。那就怨不得人囉！

「我可以坐哪裡呢？妳的臀部、腿部，還是背部？」

我彷彿是苦惱該從菲力牛排的哪個部位下刀的饕客般。吉娃娃繼續用扁扁的聲音答道：

「坐哪裡按得順，柯老師就坐哪裡吧。」

這麼豪爽？吉靜如同學，早說嘛！

往她穿單寧褲的臀部坐上去時，我的下體恍如載滿沸水。一傾身按壓她的後頸，沸水就在體腔內翻滾來翻滾去地……

好燙啊，好想把沸水整盆澆灌到她身上啊。

跨坐後，腰是不酸了。

但手指的酸得靠左、右手輪替按壓來緩解：左手按完右手按、右手按完左手按。按的力道，也愈來愈輕……

按到手臂已抬不太起來時，我向吉娃娃豎了白旗，求道：

「吉靜如同學，那個……」

側臉俯臥在床上的吉娃娃沒有回應。我引頸一看，她已閉上捲捲睫毛的眼皮，墜入夢鄉了。

「吉靜如同學！」

我搖搖她的肩膀，把她垂在床上的胳臂舉起來再放下。她就像具傀儡一樣，任我擺佈。

睡癱了……

我無聲奸笑著。假如有鏡子可照，那樣子必醜惡不堪。

我將她的毛背心一吋一吋地往上拉，露出她長了紅色小痘痘的後背，以及被磨得有點舊的胸罩肩帶。

痘痘再多也擋不住我。我低下腰伸出舌頭，舔舐起她的後背來。嗯，好香、好香啊……

這就是吉娃娃的初滋味。到死，我也要謹記這個味道。

我舌頭不得空，雙手也沒閒著地與她肩帶的扣環奮戰不懈。一、二、三，解開了！

叮咚——

媽的。我在房門的電鈴聲中，手忙腳亂地將功虧一簣的肩帶扣環與毛背心復位。

下床打開房門，是拖著行李車的旅館服務人員。

「您的行李……」

幹，我早將這件事拋到九霄雲外去了。

服務人員把我們的行李從行李車上搬進房。以我的進攻步調這時應該已被我吸到乳頭的吉娃娃，也從床上醒了過來。

「咦？我的脖子……痊癒了耶。哇，柯老師的手技……真有夠高竿！」

哼。若非這服務人員來鬧場，我還有更高竿、更高竿的手技，要讓妳大開眼界、欲仙欲死呢。

目送服務人員關上房門離去時，我一直在自己的胸中叨唸著同一句話：

「唉，我這個笨蛋，為什麼沒在門外的手把上掛上『No disturb』的牌子呢？唉……」

5

晚間六點十三分，我們從「尤蘭達」旅館的客房區出來，在更寒冷的山巒霧氣中過山路步行到較低地勢的餐廳區。

餐廳區那棟樓有三層：一樓是早餐兼西餐廳，二樓是中餐廳，三樓是bar。

「吉靜如同學，想吃些什麼呢？」

「還不就……從中餐廳與西餐廳二選一嗎？」吉娃娃望了望一樓電梯前的告示牌後，說：「……去二樓吧。」

「怎麼不吃西餐呢？」我指著告示牌中「一樓西餐廳『吃到飽』」那幾個字。吉娃娃橫搖手指：

「……今天不了。」

「為什麼呢？」

「柯老師，吃太多，做ＳＰＡ按摩時……會食道逆流的。」

吉娃娃一副識途老馬的樣子。那就由她吧！

我們坐電梯上樓。到了中餐廳門口，有個女性帶位人員問起我們的房號。

就在吉娃娃讓帶位人員核對房卡上的編號時，眼尖的我看見餐廳內有一桌不速之客。

是流東大學行銷與物流學系的專任教師黃博文教授與他的跟班。我拉拉吉娃娃的衣角，說道：

「吉靜如同學。我想，我們還是去樓下吃西餐吧。」

「柯老師有……那麼餓嗎？可是肚子脹脹地去按摩，真的……有害無利呢。」

「我們吃少一點就成了。」

「但是……那是吃到飽的餐廳耶。吃少一點，就不划算了。」

「又不能吃多，又不能吃少，是要怎樣？」

「所以……就吃這間中餐廳啊。」

然而，帶位人員只消一句話，就澆息了我對吉娃娃反撲的氣燄：

「兩位裡面請。」

木已成舟。而且我們被帶去的座位，只與黃博文教授他們背對背隔了兩桌。

「可以換坐別桌嗎？」

帶位人員反問我：

「這桌有什麼不妥嗎？是冷氣太強，還是……」

「沒有，就想換一下。」

「兩位先坐好嗎？我去櫃檯看一下還有沒有空的桌位，再來為兩位換。」

「咦？現在餐廳內的桌位不是只坐了個半滿嗎？」

「那是現在。等有訂位的客人都到齊，就不是這樣了……」

這只是帶位人員的託詞，因為她這一走，到我們用完餐都再也沒有回來過。

向另一位服務人員點完簡約的三菜一湯後，吉娃娃就鬼頭鬼腦地看著我說：

「柯老師……好像魂不守舍的樣子呢。」

「呃，有嗎？」

「我來猜一猜，應該是……被這餐廳內的某位客人搞得心煩意亂吧？」

「妳這麼會猜啊？」

「該不會……入房前柯老師在山路上偶遇的那位……瘟神，也坐在這裡用餐吧。」吉娃娃這位一語中的小巫婆東看看、西看看：「就是坐在十號桌的那個……老頭，對不對？」

「太神啦妳！可以去擺攤算命了！」

「哈哈，最好是。」吉娃娃把她的手機螢幕轉向我：「我是看了……這個才知道的啦。」

手機螢幕上是黃博文教授放在花蓮流東大學行銷與物流學系系網頁中的大頭照片，後梳著萬年不變的髮型，好認的很。

「吉靜如同學，妳也太賊了。」

「哪會啊。」吉娃娃偷瞥著黃博文：「原來……把柯老師當小弟呼來喚去的人，就是他呀。」

我自怨道：

「把我當小弟呼來喚去的人多如過江之鯽，不差黃博文教授一個人。」

「還有我們系上的張奎龍教授，以及……李勇良老師也是吧？」

「他們……嗯……」

這鬼靈精是從哪裡聽來的？要我答說「對」或「不對」，都不對。

「不過柯老師，坐在那個黃博文教授旁邊的……瘦皮猴，是他的兒子嗎？」

「別蠢了，吉靜如同學。哪有一個已成年的兒子會跟自己的老爸兩個人出來旅行啊？」

「有理。所以……瘦皮猴是？」

「是他的跟班，不，他的博士班學生啦。」

「博士班學生還得像……酒店小姐一樣出場，陪老師出來玩喔？」

「妳這比喻也太不三不四了。『有事弟子服其勞』，聽過吧？」

「但這樣也太『勞』了。都出來玩，還要侍奉……老師？」吉娃娃一針見血，刺中我們這行的痛處：「那瘦皮猴不像二十幾歲的人，他……結婚了嗎？」

「問那幹麼？妳對他有好感啊？」

「屁啦」這兩個字似乎湧到她的咽喉後，又被她給嚥了回去。出遊愈久，她的言行就愈解放，離在校時那個乖乖牌好學生愈遠。

可能是驚覺自己的真性情要圖窮匕現了，她又往乖乖牌那邊近了一步：

「……沒有啦，柯老師，我只是亂問問。那種，不是我的型……」

我這種才是妳的型，say it！

雙臂在胸前比了個大大的「X」後，我說：

「別說是婚姻狀況了。妳問我他姓啥叫啥，我也說不出來。」

「柯老師在流東大學……那個行銷與物流學系兼課的時候，沒見過那個人嗎？」

「沒見過。」

「所以，他算是黃博文教授招募的……新血了？」

「也不新了吧？我都已經四年沒去流東大學了。」

吉娃娃又向十號桌偷瞥去：

「……悶悶不樂的樣子呢，好像誰欠他錢似地。」

「妳說那博士班學生嗎？當然囉。跟上了年紀的老師出來玩，最好是快樂得起來。」

「不會啊。」吉娃娃眉飛色舞：「像我跟……柯老師出來玩，就很快樂。」

「吉靜如同學，妳是在暗指我也上了年紀嗎？」

「不是啦！柯老師有……被害妄想症喔？我說快樂是因為住宿、吃飯……全不要錢，游泳、泡湯、做SPA按摩……都免費，也不用為了下一站我們得搭什麼交通工具而發愁。」

「簡言之，就是我把妳給寵壞了。」

「哈哈，謝謝柯老師……送我這趟『公主之旅』。」

妳配得上，因為妳是我的小公主。

不是我在自作多情。行程走到第三天，我和吉娃娃間的對話已經愈來愈像一對打情罵俏的情侶了，不是嗎？

「出來混，是要還的」；出來玩，也是一樣。

吉娃娃，妳這三天來收了我這麼多好處。今天晚上，我要連本帶利地撈回。

上菜後，我的思緒糾纏在「連本帶利」這四個字中而食不知味。

正為在她洗澡時突襲她還是在她睡著時輕薄她兩難時，一個低沉的男音從後竄了過來：

「柯老師、柯老師！」

趨近我們這桌的人是黃博文教授的跟班，流東大學行銷與物流學系的博士班學生，也就是吉娃娃口中的那位瘦皮猴。

我怔望著他，不知道他葫蘆裡賣的是什麼藥。

「嗯，你好，有何……貴幹？」

「我可以向柯老師求教一件事嗎？」

這傢伙，是要讓我消化不良喔？但是，一時間我又推不掉：

「啊、嗯，可是，黃教授……」

往後一看，杯盤狼藉的十號桌已經沒有坐人了。

「他去按摩了。」他一面說，一面拉了我們這桌的一張空椅子坐下：「所以我多出了一個半小時的閒暇時間，可以讓柯老師暢所欲言……」

「一個半小時啊……」

那是你。和吉娃娃正聊得濃情蜜意的我，可沒有那麼多時間可以給你。

「啊，我真迷糊，都還沒自我介紹呢。我姓呂，叫呂守仁，就讀於流東大學行銷與物流學系博士班四年級，已經將該修的四十個畢業學分都修完了。」

「喔喔。」

「博士」、「學分」。讓我死吧，出來玩還要聽這些……

「身為行銷學領域的同行，我不但聽過柯老師的大名、引用過您的文章，也對您的豐功偉業一清二楚喔。」

「哪裡，你太抬舉我了。」

提到行銷學的領域……

我柯某人不過是個在北華大學兼課七年的小咖中的小咖中的小咖。在殘酷的學術圈食物鏈中，也只比像呂守仁這樣的博士生高個一級而已，何來豐功偉業之有？

我有自知之明，他愈是奉承，要來求教的事就愈是棘手。果然，他切入正題道：

「但是在資格考試這一關時，我遇上了大麻煩。」

「資格考試啊？」

資格考試是在博士生的修業過程中，介於修習學分與撰寫論文間的一項考試。博士生修習學分，上那麼多在博士班開的必修課與選修課，無非是在精進其對特定議題的實證研究能力，包含相關的專業知識與技術，以便將研究成果撰寫為論文的格式。

因此，博士生參加資格考試的初衷，就是用以檢驗自身專業知識與技術是否達到可以進行實證研究並撰寫論文的水平。在我來看，這項考試是必要之惡。然而……

「我沒有pass這項考試。」呂守仁黯然道：「我們系上規定，資格考試合計有六個科目：三科是必修課的科目、另三科是選修課的科目。在本系《博士生修業辦法》第七條中明定，六科中最少必須有四科的分數高於七十分，才算pass。」

我瞄了在支著頭靜靜吃飯的吉娃娃一眼。這麼枯燥的話題，會不會害她食不下嚥呢？

「所以，你最少有三科的分數，都低於七十分了？」

「是的。在本系《博士生修業辦法》第九條中明定，任一博士生最多只能參加兩次資格考試，也就是第一次資格考試未pass者還有一次補救機會，得就低於七十分的科目參加第二次資格考試，然後將第二次資格考試的結果與第一次資格考試高於七十分的科目整合，再適用《博士生修業辦法》第七條……」

我領悟得很快：

「你將兩次資格考試高於七十分的科目數加總後，還是少於『四』這個數字，對吧？」

「我參加第一次資格考試後，只有兩科的分數高於七十分；第二次資格考試的結果更慘，只有一科的分數高於七十分。」

「加總後，高於七十分的科目只有三科……」

「嘔的是，在第二次的資格考中，我有一科的分數是六十九分。」

六十九分？

這就像學期成績被任課老師評為「五十九分」的大學生一樣。雖然只差一分就能及格，但擺明給學生好看的老師怎麼就是不多給這一分。在每十位受訪對象中，就有九位的學期成績寧願被老師評為五十分、四十分，而非五十九分。

老師方的立場是，恁爸將什麼期中測驗、期末測驗、出席與平時成績以及學期報告的分數平均後，是幾分就是幾分；再往上加個一分或減個一分，都是對師道的褻瀆。

可學生方就不這麼想了：

「就加個一分嘛！一分而已，會死喔？」

他們異口同聲。而這也是呂守仁的訴求：

「一分事小，學籍事大。我多這一分、少這一分，有如上天堂或下地獄。」

「你說的學籍是……」

「本系《博士生修業辦法》第十三條中明定，參加資格考試兩次均未pass者，經系務會議議決後，自下一學期起喪失其學籍。」

呂守仁說得臉歪嘴斜，都快哭出來了。

對一位從基礎教育力爭上游刻苦到最高殿堂的博士生來講，喪失學籍即毀於一旦，是天大、天大、天大的厄運。

我愈發憐憫他了：

「貴系《博士生修業辦法》第十三條不是說了，要喪失學籍除了兩次資格考試均未pass外，還要系務會議議決不是嗎？你的學籍案，還是有可能在系務會議上翻盤的吧？」

「柯老師英明，一句話就正中要害。」呂守仁對我揖了一揖：「我們系上有十六位專任教師，刪掉一位不能在博士班開課的講師外，有十五位助理教授以上的專任教師，他們就是可議決我的學籍案的系務會議代表。」

「十五位是嗎？那麼，必須有過半數以上的八位系務會議代表投反對票，你才能保住學籍……」

「不。柯老師，本系《博士生修業辦法》第十四條中明定，在系務會議裡唯獨博士生的學籍案不採過半議決制，而採全體出席的系務會議代表的共識制。」

「共識制？那是？」

「就如同美國的陪審團制度一樣，必須全體陪審員形成一致的共識後，方能做出裁決。」

什麼呀？設下如此的高標，不就斷了不少博士生的後路嗎？

「因此，你要爭取的不是八張，而是十五張反對票囉？貴系的系務會議代表中只要有一位投下了贊成票，你的學籍就飛了？」

「是的。」呂守仁彷彿已把我當他的什麼密友或同志般，對我附耳道：「這一個月來，那十五位系務會議代表的每一位，我都去卑躬屈膝過了：送禮的送禮、磕頭的磕頭、跪求的跪求，就差沒切腹以死明志啦。皇天不負苦心人，已經讓我爭取到十四票了。」

「還有一票。那位還沒首肯投下反對票的系務會議代表……」

「柯老師，就是在我博一時已談好、預定我資格考pass後便要指導我博士論文的黃博文教授。」

「什麼？就是他？」我的一邊鏡片碎滿地：「既然是論文的指導教授，就應該是最挺你的才對呀！」

呂守仁忸怩地說：

「助教還對我通風報信說，我在第二次資格考中得到六十九分的那一科，也是黃教授閱的卷。」

「什麼跟什麼啊？」我的另一邊鏡片又碎了滿地：「說到底，你是被最不該背叛你的人背叛了！知道他為什麼要那麼狠嗎？」

「他對我說，是因為我上個學期曾以健康為由，婉拒為他代寫一本學術專書……」

「代寫學術專書……」

竟為了這麼恬不知恥的理由，葬送自己學生的前途。

「他還說，他肯告訴我這個，已經夠仁慈了，沒讓我死得不明不白。」呂守仁愈說聲音愈低：「上個學期，我因伏案久坐不動而耳石脫落，人會隨姿勢而暈眩不已，連晚上睡覺都睡不好。為了養病，我才出此下策。哪曉得我婉拒他的那一次，就抹煞了我聽命於他的一百次，而被他視同忤逆不道的孽徒……」

除了「伴君如伴虎」，我還能說什麼呢？

呂守仁振奮起精神，又說：

「我一聽，立馬向他叩首請罪，直說我做錯了，並一邊自己掌嘴，就像連續劇裡演的那樣，求他放我一馬，再給我一條生路。這趟『尤蘭達』旅館之旅，也是我為了讓他回心轉意而招待他的。」

是這麼來的啊？

「所以他不來白不來。用資格考試斬你的草、除你的根後，還照樣吃你的、住你的，跟你談笑風生地遊山玩水。常人所不能及，佩服、佩服。」我不是假的佩服，是真的佩服黃博文教授：「呂守仁同學，討論你學籍案的系務會議，什麼時候要舉行呢？」

「下星期四，中午十二點鐘。」呂守仁如喪考妣：「在那之前的我，就好像走在鋼索上被留校察看一樣。每分每秒我都在擔驚受怕，沒有一夜不失眠的……」

「換了我是你，也好不到哪裡去。」

「柯老師來我們系上兼過課，是吧？既對我們系上的生態如數家珍，也和黃教授打過交道。敢問柯老師，要怎麼做，才能攻下黃教授這一票呢？」

「這個嘛……」

見我徬徨不決，呂守仁從兩粒眼球中放射出金光，進言道：

「當然，如果柯老師願為我打抱不平的話，我就更有勝算了。」

「什麼？你是要我……」

「柯老師要是出馬，包能水到渠成，說動固執的黃教授。這是我的不情之請，還請柯老師……」

呂守仁口若懸河地說著。

雖然他把我捧上了天，可是用屁眼想也知道，連他這種時時隨侍在側的人都黔驢技窮了，我一個局外人如何能撼動黃博文教授這顆頑石呢？

人微言輕。頑石般的前輩，斷不會把我這種後輩的意見當回事。

「病急亂投醫」、「有浮木就抓的漂流者」，愛怎麼貼呂守仁的標籤都成。他更有所不知，被他寄予厚望的我，還在為森永結衣的事泥菩薩過江而自身難保呢。

「小佐佐木希」森永結衣……

另有一說，流東大學行銷與物流學系就是因為有黨政資歷顯赫的黃博文教授坐鎮，才會享有充裕的經費資源與卓越的系所評鑑績效。這種時候要我以卵擊石，跟那位門神來個硬碰硬，也太不智了。

「那個，呂守仁同學……」

我正要打太極時，卻被吉娃娃給搶過話去：

「包在……柯老師身上。」

「啊？」

吉娃娃沒理我，逕對呂守仁許諾道：

「勸退黃博文教授的事，就包在……柯老師身上。」

呂守仁坐下來後，這才首次將視線從我臉上抽離，轉往吉娃娃那邊。

他偏嘴一笑，擠出半邊的牙齦來：

「柯老師一諾千金。我就等您的好消息了！」

「呂守仁同學，你別會錯意了，這位女同學可不是我的傳聲筒啊……」

可能是這一個月來熟能生巧的關係，半秒鐘不到，呂守仁就從椅子上「咚」地下跪，在餐廳裡對我行起五體投地的大禮。

「我的命，就交到柯老師的手上了。事成之後要殺要剮，全憑柯老師處置……」

他由低地而來的顫音淒涼之至。我趕在別桌的客人側目前，將他扶了起來。

6

黃博文教授的ＳＰＡ按摩療程是從晚間七點到八點半。

八點吃完晚餐後，我請呂守仁與吉娃娃都先回房。自個兒在運動館區一樓的視聽娛樂室內手握白色控制器玩了好幾款球類的遊戲後，差一刻九點時，我才踱去客房區。

我搭電梯到了五樓，往西走，按下黃博文教授住的五一八號單人房的電鈴。過了一分多鐘，我又按了一次，他才來開門。

「柯老師？有事嗎？」

在門後穿白色「吊嘎」與短褲的他，被芳療師按紅的臉上直寫著「不歡迎」三個大字。

「黃教授，非常非常冒昧來叨擾您……」

「既然冒昧，就別來叨擾了。」

他峻聲截斷我的話，並作勢要關門。

與在山路偶遇時的他是兩樣情。與這些前輩處久了，我很習於他們陰晴不定的脾氣，再怎麼反常也嚇不倒我。

我用手擋住門扇：

「黃教授，我是為了貴系的博士班學生呂守仁而來……」

黃博文教授在芳療室時可能吞了好幾噸的炸藥，而「呂守仁」的名字正是引燃炸藥的火種。

「呂守仁！又是他！」他暴跳如雷，太陽穴旁的青筋跳上跳下：「按摩的時候，已經有他女朋友拿他的事來煩我；現在按摩完了，又有第二個人拿他的事來煩我！夠了吧？《博士生修業辦法》怎麼規定、該怎麼就怎麼做，不要再讓我聽到他的名字了！」

受人之託，忠人之事。我還是在他四射的砲火中提問道：

「在下星期四貴系的系務會議中，黃教授會對他手下留情嗎？」

「我講最後一遍：我會投贊成票！」黃博文教授被愈激愈怒：「兩次資格考試都pass不了，還有什麼好強詞奪理的？這樣還不喪失學籍，我們系上的《博士生修業辦法》是玩假的嗎？」

「可是，那六十九分是黃教授……」

話才講到一半，黃博文教授就重關上門，下了逐客令。

我的食指在電鈴上踟躕再踟躕後，還是縮了回去。

「……柯老師，怎麼樣？」

一回房，吉娃娃就黏過來問我。

「他的心意已決。」我換上房間的白拖鞋後狂搔頭：「誰去說項都一樣。呂守仁的學籍案，我看神仙來也挽救不了。」

轉述了我在五一八號房前的慘敗後，吉娃娃大失所望：

「……是喔？我還高估了柯老師的能耐啦。」

「都是妳在餐廳時強出頭仗義執言，害我現在對呂守仁下不了台了。」

「我聽不下去了嘛！武俠小說裡也沒有……像黃博文那樣，一手操刀廢自己徒弟武功的師父呀。」

「吉靜如同學，那是妳武俠小說看得還不夠多。」

「可能是吧。柯老師，那呂守仁那邊……要怎麼辦呢？」

「既然是壞消息，就晚一點再發私訊告訴他好啦。」我向黃博文教授看齊，也不想再聽到呂守仁的名字了：「SPA館那邊打過電話來了嗎？」

「打了。我們的……療程，被排到九點正。」

「九點正？那不是十分鐘後？」

「嗯，好像是……」

「什麼好像是？就是！」我又從白拖鞋換回我的平底鞋：「走去SPA館還要一段路呢，快快快……」

「柯老師請留步，我們……還沒帶房卡啦！」

7

SPA館的全館，都散放著令人心怡的精油味。

我和吉娃娃向櫃檯人員報了房號與姓名後，就換了ＳＰＡ館的紙拖鞋坐進櫃檯前的沙發區等候：我翻流行雜誌，吉娃娃滑手機。

第二本雜誌還未翻完，就有兩位女性身著寬寬大大的深色衣褲，赤足從走廊裡魚貫而出。

「兩位好，久等了。」

應該就是芳療師了。她們走向我們時，手上都捧著一本夾了紙頁的檔案夾。容貌較為清秀的那位在我膝前蹲下，問道：

「是第一次來嗎？」

「第一次來。」開洋葷的我坦然道：「ＳＰＡ按摩也是第一次。」

芳療師訓練有素，並沒有因此而笑我土。

「第一次嗎？那麼有一些個人資料要請教您。嗯……『稱謂』欄我填姓氏就好，『性別』欄我也替您勾選……」她在檔案夾的紙頁上振筆疾書：「年齡？」

「三、三十七歲。」

「婚姻？」

「未婚。」

「是否正懷孕或即將分娩……」

怎麼還問我這一題呀？她是在搞笑嗎？我微慍道：

「懷孕？分娩？當然沒有啦！」

芳療師不為所動，看著檔案夾的紙頁照本宣科：

「是否有罹患感冒？」

「沒有。」
「皮膚病？」
「沒有。」
「傳染病？」
「沒有。」
「心血管疾病？」
「沒有。」
另一位芳療師也打開檔案夾，蹲在吉娃娃膝前問一樣的問題。
正當我準備就更重的病症接招時，我的芳療師擱下為我勾選的筆，不再「問診」：
「您今天選的是『經典』深層按摩。有任何需要加強的部位嗎？」
「加強的部位？」
「就是您有哪個部位較為酸痛的話，我可以多花一點時間按摩。」
「客製化」就對了。
「那麼，我想想……」
芳療師可沒那麼多美國時間：
「我唸一下選項：肩頸？」
「肩頸？這個好。」
連開了三天的車，我的肩頸硬到可碎大石了。芳療師拿筆在紙頁上勾了勾，又問道：
「背部？上臂？胸部？腹部？」

「可以複選嗎？」
「可以複選。」
這才對嘛：
「還有別的部位嗎？」
「腿部、足部……」
「大腿內側。」我居心不良地說：「我想加強大腿內側，可以嗎？」
「可以的。」以客為尊的芳療師好講話得很：「下一個步驟是選精油。」
她從檔案夾下方抽出一只木盒放在大腿上。打開盒蓋後，裝在木盒裡的瓶瓶罐罐看得我眼花撩亂。
她以單手大姆指與食指挾出一只瓶身，轉開瓶蓋，湊向我的鼻子：
「這一瓶是薰衣草，可淨化身心而助眠……」
「喔……」
香氣撲鼻而來。
「這一瓶是迷迭香……這一瓶是佛手柑……」
每一瓶都好香。聞過一輪後，我已經忘了前面的精油是什麼氣味了。
「所以，您有想法了嗎？」
而且，除了知名度最高最芭樂的薰衣草之外，我也忘了前面聞過的精油叫什麼名字啦。
既然這樣……
「那就薰衣草好了。」
「薰衣草，好。」芳療師蓋上盒蓋：「按摩時，我的力道如果太重或太輕，也請您說一聲。」

「啊，我會的。」

芳療師闔起檔案夾，墊在木箱下捧著站了起來：

「那麼，這邊請……」

吉娃娃不在沙發上。我問芳療師：

「坐在這邊的那位小女生……」

「喔，那位小女生已經跟我們的同事先進芳療室了。」

「那位小女生的芳療室跟我的是同一間嗎？」

「妳們兩位的療程都是經典深層按摩，但是芳療室不同間。」

「啊？怎麼會不同間呢？」我大受重擊。這樣，就不能堂而皇之地品賞吉娃娃的裸體了：「我們是一塊兒買的療程啊！」

「我們雙人療程的芳療室只有兩間。兩間都已經客滿了，請見諒。」

於是我像隻落敗的鬥雞一樣，垂頭喪氣地跟在芳療師後。

8

「請……」

芳療師將我引入走廊末尾左手邊的一個房間。

房間比我向張奎龍教授承租的套房大得多。蟲鳴鳥叫、浪濤拍岸的環境音樂，從邊桌上的手提音響放送而出。

手提音響右邊點著一盞精油燈，香味逼人。

「靠門口的衣櫃，用來存放您的貼身衣物；衣櫃裡的保險箱，用來存放您的首飾、錢包、手機等貴重物品。」

「喔喔。」

「衣櫃旁是廁所；廁所旁是淋浴間。放在蓮蓬頭下的盥洗用品中，大的這罐是沐浴乳、中的這罐是洗髮精、小的這罐是潤髮精。」芳療師像博物館的導覽人員般繼續說道：「淋浴完後，浴巾就掛在淋浴間的門把上。請穿上這邊桌上竹籃裡的紙褲，以及疊在衣櫃裡的浴袍。」

我指指被平整地鋪了白色毛巾的芳療床：

「然後躺在這上面嗎？」

「還沒有。躺上去之前，請先打電話到櫃檯。」芳療師朝著邊桌上的內線電話，伸出向內的掌心說：「那麼，我先告退了……」

她走後，留我一人在這被精油香與環境音樂繚繞的芳療室內。

我買的經典深層按摩療程是一個半小時，填資料、選精油與沐浴的時間都算在內。資料已經填了；精油也已經選了。如果我沐浴的時間愈長，就愈會排擠到按摩的時間。

我付了七千元，當然不只是來沐浴的。想到這裡，我拉開衣櫃的門，開始將身上的衣物一件一件脫下，或掛、或疊進衣櫃裡。

赤條條的我先進廁所上了個小號，再踏入浴室。

握起蓮蓬頭開水，再調試水溫。嗯，這個時候，吉娃娃應該也在某間芳療室裡，與我同步在淋浴吧。

當溫熱的水沖到脖子時，心窩驟然升起一股暖流。

水嘩啦嘩啦地從脖子流經我肥肥的肚腩，再流到我粗壯的雙腿。唉，只剩今晚了。當明日的朝陽高掛在天空時，我和吉娃娃的蜜月旅行就要譜入休止符，而踏上歸途啦。

洞房的良辰吉時只剩今晚。如果，今晚又錯過了呢？

我用蓮蓬頭沖頭髮，再往頭髮塗上精油洗髮精，抓頭皮。

沐浴乳中也有精油的成分。擠出來往皮膚上一抹時，有涼涼的提神功效。這一提神，我惡向膽邊生。要是能假扮成吉娃娃的芳療師去為她按摩，應該就不致帶著遺憾告別花蓮了。

然而，這只是我曇花一現的奇想。無魚，蝦也好。與其將雞蛋全放進吉娃娃的籃子裡，多對我的芳療師動一點心眼，才不會兩手空空。

比如，加強大腿內側……

我往我的生殖器部位多擠了一些沐浴乳，東搓西搓，洗得尤為潔淨，好有備無患。

愈搓，我的尿意就愈強……

我又去上了次廁所，然後再回淋浴間沖水，就這樣花了兩、三倍於慣常的時間才淋浴完。門把上的浴巾既用來擦乾，也用來包住身體。

我在從淋浴間飄出的霧氣中尋找紙褲。邊桌竹籃裡的紙褲被疊得小小的，塞入一個柱狀的透明袋中，大小一如男人的那話兒一樣。

我從透明袋中抽出黑色的紙褲攤開。紙褲的材質鬆鬆垮垮地；一出力，應該就能扯爛。

我穿上紙褲，披上浴袍。因為浴袍的帶子不好繫，所以我只在腰部草草綁了個活結。

那麼，該打電話囉？

我拿起內線電話的話筒貼耳，正為該按下哪一個電話按鍵而費神時，耳邊「喂、喂、喂」的人聲已從話筒貫耳：

「……好了嗎？」

「喔！」我驚道：「好了、好了……」

芳療室內線電話的設計原理是話筒一離座便可接通櫃檯，還滿人性化的。

我掛上話筒後，坐在芳療床緣數數。數到一百，芳療師還是沒進來，我便仰躺在芳療床上，閉目養神，模擬著自己正被芳療師那雙手按摩著……

叩、叩、叩。

我伴同著芳療師的敲門聲，從芳療床上一躍而起：

「請、請進。」

芳療師捧起一個水盆似的器皿推門而入。

她捲起長袖後，與清秀的容貌不相稱的壯碩臂膀因而見了光，就如同把分屬兩個個體的頭跟身體拼貼起來一樣。

換個角度想，為客人按摩的勞動量那麼大，要是她弱不禁風，怎麼能做得來呢？

她背向我把水盆似的器皿放在邊桌上，接著轉身，雙臂高舉不知從哪裡變出來的白色大毛巾，將毛巾下緣對齊她那一頭的芳療床緣，說：

「請脫掉您的浴袍。」

就要上陣了嗎？我有些怯場：

「脫下來的浴袍要擺在？」

「都可以，我會收。」

都可以？這麼大的彈性，讓我茫無頭緒。
我這邊看看、那邊看看，最後將脫下來的浴袍擺在邊桌上。由於芳療師高舉的大毛巾將我與她隔開，我看不見她，按道理她也看不見我的舉動才是。
但我一擺完浴袍，她就說：
「請您躺上床。」
銜接得那麼順暢，是靠聽音辨位嗎？
只留一條紙褲在身的我要仰躺上床時，知道我是第一次按摩的她又補了一句：
「請俯臥，趴著躺上來。」
「俯臥？」
不是仰躺喔？所以，我剛剛的模擬擺了個烏龍？
「請將臉埋進這裡，就可以呼吸啦。」
她用膝蓋在芳療床頭頂出個聲音。我這才看到，床頭有一個用白色毛巾圍住，可視達地板的圓洞。
我依言躺好後將手垂在床外，身子便被她高舉的大毛巾蓋住。
她僅是隔條大毛巾為我這裡推推、那裡拉拉就夠舒坦的了。當她掀開我背上的大毛巾，倒下薰衣草精油開始施展手技時，都快讓我升天啦。
媽呀，好爽啊。不要、不要停……
按摩像毒品，一按就上癮。那段不識按摩為何的往昔，我是再也回不去了。
「力道可以嗎？」
「可以……」

「空調會太熱或太冷嗎?」
「不會……」
我的後半頸部、背部、手部與腿部都被芳療師的指尖、掌心與手肘侍候得服服貼貼。
正當我服貼到昏昏欲睡之際……
「要翻正面囉。」
什麼?煎魚嗎?
見我紋風不動,芳療師又湊過來低呼:
「要翻正面囉。」
「喔……」
她說的是我而不是魚啦。為防止口水穿越圓洞滴淌到地,我在應答時,嘴張得很含蓄。用手掌抵床,撐起上半身後,我將身子前後轉了一百八十度,仰躺而下。
芳療師將大毛巾蓋住我頭部以下的身體。眼睛才適應天花板那昏暗的燈光時,眼皮就被一塊從天而降的布給包覆住。
來這一手?
芳療師是要以其人之道還治其人之身,像我對付森永結衣那樣對付我,也先從我的視覺剝奪起嗎?
雖說種什麼因、得什麼果,可我這報應也來得太快了點。然而……
是我多慮了。芳療師並沒有塞住我的嘴或拿什麼細繩捆綁我的四肢,而只是掀開部分的大毛巾,繼續以指尖、掌心與手肘將我的前半頸部、背部、手部與腿部也侍候得服服貼貼。
不過再服貼,也沒讓我忘懷此事:

「那個……麻煩妳，為我加強大腿內側……」

「好的。」

芳療師的掌心從我的左腳踝、小腿往大腿推，再從大腿的外側漸次移向內側。

因為她按摩的方向是由下而上，所以一個收手不及就會擦槍走火，與我大腿內側最上面的部位肌膚相親。

這就是我的如意算盤；我就是在恭候她擦槍走火。

一推、二推、三推……十八推、十九推、二十推。在我的左大腿上推了二十下後，她又推起我的右腿來。

……十八推、十九推、二十推，也推了二十下。雙腿加起來，就是四十下。每一下她都在我的那個部位前煞了車，沒有越雷池一步。

「還要再加強嗎？」

我存心污辱人家的專業，卻落得自取其辱，還是見好就收吧。

「謝謝，可以了。」

正當我又服貼到昏昏欲睡之際，芳療師將包覆在我眼皮上的布取走，換來一條燒滾滾的毛巾，包覆在我的臉皮上。

「給您熱敷。」她說：「會太燙嗎？」

「嗯，燙嗎？還、還好……」

還好，只是我的臉皮快被蒸熟了而已。

豎耳傾聽到芳療師將布擰出水的聲音，以及她端起水盆似的器皿開門出芳療室的聲音後，芳療室內便徒留蟲鳴鳥叫、浪濤拍岸的環境音樂，為我這顆仰躺在芳療床上的人肉蒸包襯底。

好燙啊……

既然沒人在了，就用嘴把毛巾吹涼吧。呼……呼……

由於我的嘴與毛巾貼得太近，成效差強人意。最後是拜空調與流逝的時間所賜、毛巾的高溫才降了下來。

膀胱因漲尿而隱隱作痛。我的背面與正面芳療師都按摩過了，療程應該已到尾聲了吧？變涼的毛巾包覆久了，弄得臉上癢癢地……

我再豎耳傾聽，芳療師應該還沒回來，便從蓋在我身上的大毛巾裡抽出右手抓一抓臉，再將右手縮回大毛巾裡。

孤身在精油味與環境音樂中，僅著一條紙褲、身上蓋著大毛巾、臉上包覆著變冷的毛巾仰躺在芳療床上……

要是能一直這樣躺到死，夫復何求？

去他的學校、去他的北華大學行銷管理與流通學系、去他的專任教職、去他的李勇良、去他的張奎龍、去他的……

我愈是憤世嫉俗，眼皮就愈是沉重……

9

臉上一輕。

「療程結束了唷。」
芳療師輕柔的嗓音迴蕩在耳際，我撐開了眼皮。
沒有了包覆在臉上的毛巾，自我躺在芳療床上以來，這才是頭一次得見她的容顏。
「喔……」
躺久了，我的聲音也乾澀了起來。
「拖鞋放在您的左邊。」清秀如舊的她說：「我先出去了。」
「謝謝。」
她出芳療室後，我進廁所小便，再脫下紙褲丟入垃圾筒，換回我的衣褲。
我一出芳療室，沙發區的桌上已擺放了兩副茶壺、茶杯與水果盤。我一坐下，芳療師就從櫃檯向沙發區走了過來：
「請用。」
「謝謝。」我往走廊伸了伸脖子：「跟我來的那位小女生還沒好嗎？」
「我的同事還沒出來，所以應該是還沒好。」
「是喔……」
「請用茶與水果。」
芳療師站在我坐的沙發旁不由分說。我只好端起茶杯喝了一口。
「如何？」
「很香醇，比我喝過的任何一種茶都棒。」
「這是我們這邊的『輕盈ＳＰＡ茶』，成分有甘草、生決明……」

聽在不是多麼愛茶的我耳裡，這些話也只是左耳進右耳出。我點點頭，又應酬地喝了一口。

芳療師還是在旁恭立不去，我只好揀些話說：

「嗯，我身上的精油……」

「黏黏滑滑的嗎？」芳療師說：「那不需要洗掉，因為精油會沁入您的膚底。」

我看看櫃檯牆上的時鐘：

「哇，已經十點四十五分了。好晚啊！」

「服務客人嘛。」

「妳們每天的工時多長啊？」

「我們每天下午一點開始。」

「何時結束呢？」

「要看客人預約的時段。像今天就比較晚……」

「啊，都是我和那位小女生不好……」

「不不，我不是這個意思。」芳療師搖手陪笑道：「您和那位小女生的療程是因為預約在前的那位客人，才被擠到九點正開始的。是那位客人不好，不是您和那位小女生不好。」

「那位客人的療程是從幾點開始？」

「七點，到八點半結束。」

「你說的不好是？」

「我六點起就有空，但那位客人說六點他要吃晚餐，非要預約七點不可。」

我想起吉娃娃說過的話。

「飯後還沒消化夠就來按摩，是不是不太健康啊？」

「我也是這樣勸阻他，可是那老傢伙獨斷獨行慣了。」芳療師對那位客人不留情面地抨擊：「自己的命，也只有自己才顧得了啊。」

「是呀、是呀……」吉娃娃怎麼還不出來救我啊？我只好再揀些話說：「晚上這兩個療程下來，妳也累壞了吧？」

「工作嘛，沒什麼。我下午還按了一個療程呢！要不要用一點水果？」

「喔。」

我只好用叉子叉一片芭樂來吃。往水果盤中吐籽時，吉娃娃與她的芳療師從走廊連說帶笑地走出來了。

謝天謝地。

10

「嘴巴……好乾啊。」

十一點並肩步出ＳＰＡ館時，吉娃娃在月夜的山路上這麼說。

「吹空調吹的嗎？」

「不是，是我在做ＳＰＡ按摩時，講……太多話了。」

講到剛把芳療師端來的茶壺清空了的她嘴還在乾。

「看妳在短短一個半小時的療程裡，已經跟妳的芳療師打成一片了嘛。」

「不是我，是她……太能聊了。」
「嘴乾的話，就回房間喝飲料吧。」
「柯老師，我不想……喝房間冰箱的罐裝飲料……」
愈來愈嬌啦。於是，我們轉去餐廳區三樓的bar。
往吧檯前的兩個高腳圓凳坐下後，我點了「薄荷芙萊蓓」，吉娃娃則點了「龍舌蘭日出」。
「妳的芳療師按得好嗎？」
「按得好。」吉娃娃說：「她叫……Yulanda，柯老師的那位芳療師叫……Shirley。」
「還都取洋名呀？」
「Yulanda說，她們那邊的芳療師……都是以英文名字互稱。」
「大概是想藉此區隔出工作上的同儕關係，以保有私人空間吧。」
「她還說，ＳＰＡ館那邊的芳療師……來來去去，只有她待得最久，問我為什麼。」
「為什麼呢？」
「我起初以為她是在問我……為什麼芳療師會來來去去呢，所以就瞎扯道，也許是因為這間旅館的腹地……太過零散，從一棟建築到另一棟建築間的山路遙遙，才會讓芳療師疲於奔命，而不如歸去吧？」
「那她怎麼說？」
「她說，老闆取得的是畸零地，會把旅館蓋成這樣……也是無可厚非。不過山路是專供遊客走的，比較遠；但她們工作人員另有從後門出去可騎乘機車往來的小徑，比較近。然後她又說，她不是在問我……別的芳療師為什麼待不久，而是在問我……為什麼只有她在這裡待得最久……」

「呿！最好客人會曉得。」
「柯老師……要不要想想看？」
「我？我又不認識那個Yulanda！」
「柯老師……想想看嘛！」
「想什麼呀？她不想異動的原因，我怎麼可能會知道呢？」
「……提示：名字。」
「名字？『Yulanda』嗎？」我腦子一片混沌：「……不知道，想不出來。」
「柯老師，我們住的這間旅館……叫做什麼名字？」
「叫做什麼名字？」
「……『尤蘭達』啊！」
「喔，對。」
「『尤蘭達』的英文，不就是……『Yulanda』嗎？」
「喔，所以妳的芳療師是這間旅館的老闆。」
「她如果是老闆，還需要來排班按摩嗎？」吉娃娃竟放肆拍了一下我的天靈蓋：「就因為她跟這間旅館……撞名，所以她說她是這邊的吉祥物，不能走。」
什麼呀。這只是那位Yulanda在自嘲，哪是她什麼不異動的原因呀？吉娃娃這傻孩子，還當真呢。
「柯老師。」吉娃娃又邀功道：「我從Yulanda那邊，挖到了那位……小宮亞實同學的情報喔！」
小宮亞實？
「怎麼老陰魂不散，到哪裡都有她的名字啊？」

「柯老師說什麼……不散呀？」

「沒有、沒有，我沒說什麼……」

「小宮亞實同學是Yulanda在去年……十一月九日晚上，『熱石』按摩療程的客人。」

「什麼？連日期都能背得滾瓜爛熟啊？」

「Yulanda說，因為……那天是她的生日。而且小宮亞實是日本人，中文講得呱呱叫，人很有教養也很有禮貌……」

很有教養也很有禮貌……

和屏東「愛相隨」民宿的老闆娘換湯不換藥的講法。

「我原本是問Yulanda有沒有按過……一位叫做森永結衣的日本女客人，還給她看照片。結果，她不假思索就跟我說出小宮亞實的名字。」

「與去年學校資管系的那位日籍交換生是同一個人嗎？」

「我跟Yulanda對過照片了，是同一個小宮亞實。」

「那麼，森永結衣咧？」

「Yulanda說她沒有按過這個客人。」

我還在思量著小宮亞實去年在這邊預約療程的意義時，吉娃娃這小妮子卻已經開始離題了：

「Yulanda還說……想進芳療師這行的人愈來愈多，證照考試……愈來愈競爭了呢。」

「現在是證照滿天飛的時代，做什麼工作都逃不掉啦。」

「不過，由於芳療師的……體能耗量大，運動傷害也不淺，所以職業生涯多半短暫。」

「是喔。」

「做個幾年、存了些積蓄後，只要嗅到……有一點可以轉業的氣息，就會一去不回。」

「轉業是？」

「改做收入更高……而體能耗量較小的工作；或者嫁人，像那位Shirley一樣。」

「Shirley？」

「柯老師的芳療師啊。她去年……交了個新男朋友，而自己也到了適婚年齡，想嫁想到瘋了。」

喔，那位容貌清秀的芳療師。

「她的男朋友是做什麼的？」

「Yulanda說，還是……個學生。」

「學生？」我嗤之以鼻：「學生能嫁嗎？」

「Yulanda說，Shirley的男朋友……不是泛泛的學生，而是畢業後起薪會很高的那種學生。」

「是『職業學生』嗎？有聽沒有懂……」

「柯老師懂也罷、不懂也罷，Yulanda說，Shirley……她是嫁定了。」

「又是個被愛沖昏頭的……」

中年酒保送來了我們點的酒。吉娃娃一看我那杯綠色的「薄荷芙萊蓓」，滑了一滑手機後，就吐槽道：

「柯老師……點錯啦。現在是冬天，而『薄荷芙萊蓓』是……夏季喝的酒。」

「妳管我？」我灌了一大口「薄荷芙萊蓓」後，也吐槽回去：「吉靜如同學，妳那杯火紅的『龍舌蘭日出』還不是『夏季限定』？」

吉娃娃略顯沮喪地喝了一小口「龍舌蘭日出」：

「是嗎？我們……都沒點對酒呀？」
我又灌了一大口「薄荷芙萊蓓」：
「去他的夏季、冬季。我們愛什麼時候喝什麼就喝什麼！吉娃娃，妳說對不對呀？」
「……柯老師，『吉娃娃』是？」
啊，說溜嘴了……
駟馬難追，我只能藉酒壯膽道：
「吉娃娃是一種很可愛的寵物狗啊，妳不喜歡嗎？」
「喜歡……是喜歡，可柯老師叫我『吉娃娃』……」
「這是我給妳取的外號啦！很貼切吧？」
三大口「龍舌蘭日出」入腹後，吉娃娃神情匹變，人也小high了起來：
「喔。到今天……我才知道，在柯老師的心目中，我是一隻……可愛的寵物狗啊。」
「如果妳不喜歡這個外號，我可以收回……」
她額間泛起的紅暈，應該是因為酒而不是因為我吧。
「不。」她笑逐顏開：「我很喜歡這個外號。」
「喜歡嗎？」
她喜歡，所以我醞釀好的道歉詞全無用武之地，瞬間不知該接什麼話下去。
有賴中年酒保過來為我解圍：
「兩位是情侶嗎？」
「情侶？」

我受寵若驚，而吉娃娃回中年酒保的話更是驚天動地：
「你是怎麼識破的？」
識破？
因此，她是默認囉？
情侶，呵呵……
不，她只是在捉弄中年酒保而已，不能輕信她的話。
「客人見多了嘛。」中年酒保斜嘴笑道：「像那邊那一位，就是正陷於人生的低潮……」
他眼睛的焦距落在最角落圓桌座位裡的一個男人。我回問道：
「你怎麼知道他正陷於人生的低潮呢？」
「從八點起，他就在那邊獨坐了三個鐘頭，連一杯酒都喝不完。」中年酒保又斜嘴笑了笑：「那不是低潮，是什麼呢？」
我把我的眼鏡往上提了提，這才識別出最角落那位低潮的男人，正是呂守仁。
我朝吉娃娃使了個眼色後，獨自走向角落，坐進呂守仁坐的圓桌。
我連名帶姓叫了好幾聲，茫然面壁的他才會意過來：
「啊，柯老師……」
「一個人喝悶酒？」
我單刀直入。呂守仁木然以對，既沒點頭也沒搖頭。
「酒保說，你在這邊獨坐了三個鐘頭。」
「有那麼久了？」呂守仁看看手機：「吃完晚飯後，我在房間待不住，就來這裡……」

「借酒澆愁。」我替他講完：「要向你說聲Sorry，呂守仁同學。我已經盡了力，但還是沒能說動你的指導教授。」

「是嗎？」

或許是在這邊心理建設了三個鐘頭，他聽後並沒有什麼失魂落魄的樣子。

「我愛莫能助，因為他連好好溝通的機會都不給我。」

「柯老師，別放在心上了。」呂守仁的灑脫顯而易見是裝出來的：「我自己的指導教授是什麼樣的人，我還捉摸不了嗎？」

「……」

「說句真話別見怪，我向柯老師求援，也只是死馬當活馬醫而已……」

說我是匹死馬……

此時此刻若我滴酒未沾，確會被他這番真話給冒犯到；但在「薄荷芙萊蓓」的催化下，我已百毒不侵。

還能為他設想：

「如果，黃博文教授能缺席下週四的系務會議，你的學籍案應該還是會有轉機吧？」

「柯老師，想都別想。」呂守仁一臉肅穆，在系務會議前就自己宣判了自己的死刑：「他已經有言在先，除非他嗝屁了，否則沒人能攔阻他出席。」

「是喔。」

老傢伙發起狠來，親刃門徒以清理家戶的鋼鐵意志，不容挑戰。

看起來，學籍案已大勢底定了。因此……

「我想我還是認命一點，快上人力銀行另尋出路吧。」

呂守仁悲情地晃動手上的手機時，已經夠骨瘦如柴的他在我的目視下更加形銷骨立。

11

與呂守仁互道珍重後，我去吧檯結帳。

因為現金帶得不足，所以我將酒錢掛在住宿費上，明早退房時再刷信用卡支付。

「吉靜如同學，不，吉娃娃，走吧……」

「龍舌蘭日出」的後座力使吉娃娃滿臉潮紅而步履虛浮，要靠我攙扶，才得以前行。

蹣跚的她在月夜的山路上每走出一步，就釋放出些許摻雜了酒精的體味；這種體味愈聞，就愈教我意亂氣迷。

吉娃娃、吉娃娃、吉娃娃……

入房後，我鎖上房門，將不勝酒力的她抱上床。

一抱住她軟呼呼的軀體，我的理智線就全斷了，朝她的臉頰與頸部激吻而去。

而眼睛睜都睜不開的她還有餘力回吻我。這一回吻，恰似天雷勾動地火。

「老師」……

「學生」……

「助理教授」……

「北華大學行銷管理與流通學系」……

「專任教職」……

這些長久以來鎮住我現形的名詞，全都被憑空而出的黑洞吸乾殆盡了。

我又是撕又是扯地凌遲著吉娃娃的衣褲。她不但毫不反抗，還幫著我來剝光我……

「龍舌蘭日出」萬歲、萬歲、萬萬歲！

我喘著粗氣，從她頭上的每一束頭髮吸吮起，然後是她的眼皮、臉蛋、鼻子、紅唇、下顎……

然後是她的頸部，以及沒有F也有E罩杯的雙乳。

她的嬌喘聲近乎淹沒在我澎湃洶湧的心跳聲裡。我吐出舌繼續往下舔，舔過她短短的腹部、寬寬的臀部、有黃金比例的雙腿後，直到她白白的足底。

已經瓜熟蒂落了……

於是，我甘冒大不諱，對她那叢黑黑的秘境伸出了我身上的條狀物。

12

完事後，隨同美夢成真的快感而來的，是交加的悔恨。

房內空調的暖氣流動如昔，石柱、石座等頹廢風的擺設也沒什麼變，但我柯宇舫的世界已然天翻地覆。

為我的棺材板釘上最後一根釘子的，正是我自己。

我直起上半身，坐在床緣著衣；赤條條的吉娃娃則在床上睡得鼻息如雷。好一副再魔幻不過的場景……

我盯望著她的睡顏。

就這樣被我衝破底線的她，今後會扮演哪一種角色來應對我呢？學生？小女友？還是……她會羞憤難當，一狀把我告上法庭，讓我的後半生再也翻不了身？

而我在學校裡、在課堂裡又該如何自處呢？這一切的一切，我都沒有答案。

我的世界固然天翻地覆，然而房門外的世界，也是雞飛狗跳。

我抓起車鑰匙跨出房門時，都已經過深夜十二點了，走廊下卻還吵吵嚷嚷地。

我從中空的中庭向下望，吵嚷聲出自低兩個樓層的西邊。

我搭電梯到五樓。電梯門一開，就有兩、三名旅館的服務人員在走廊上奔來奔去。往西走時，房客或有從房門內探頭探腦的、或有成群結隊往黃博文教授住的五一八號單人房前聚攏的，這讓我的不祥感愈來愈重了。

在五一八號房半掩的房門外，鵠立著呂守仁和一名男性的服務人員。

男性服務人員的功用是把守房門，擋駕想看熱鬧的房客；而手足無措的呂守仁似乎退化成無行為能力的幼兒，什麼忙也幫不上。

我往前拍拍呂守仁，拉他衣角把他請到牆邊，問道：

「你還好吧？」

「我……柯老師……」

「出了什麼事了？」

「那個……他……我……」

呂守仁像是舌頭被拔掉了似地，繼續支吾其詞。

「別慌、別慌，你定下心來，吸一大氣、吐一大氣後，再好好講。吸一大氣、吐一大氣……」

在我的安撫下，呂守仁的舌頭歸了位，咬字稍稍流利了起來：

「柯、柯老師，那個……我、我沒事。」

「我問的不是你啦，是你的老師黃博文教授，他出事了嗎？」

「啊，黃博文教授。對，他出事了。」

「出什麼事？」

「死、死掉了……」

有那麼一秒鐘，我疑心自己是不是被整了：想看熱鬧的房客與裝腔作勢的服務人員全是在排演走位；而黃博文教授的死訊也是個騙局。

不過，下一秒種我就醒悟了。沒人是吃飽閒閒的，何須勞師動眾熬夜玩這種把戲呢？

「死掉了？怎麼會？」

一問之下，是黃博文教授在十點三十分的時候從五一八號房打電話到房務部點了一瓶「黑中白」還是「白中白」的香檳。半小時後，當一位女性房務人員來五一八號房送香檳時，敲門、按電鈴都不得其門而入。

十五分鐘後，也就是十一點過一刻時女房務人員回房務部打電話到五一八號房，無人接聽；十分鐘後重撥，依舊無功而返。

打去黃博文教授的手機是關機中。女房務人員心覺事有蹊蹺，先上報了主管，十二點十分再拿了備份的五一八號房的房卡來。一開房門，就發現了屍體。

「當我喝完酒回來時，就在我住的五一七號房門前遇見在打電話報警的女房務人員……」

呂守仁的聲音愈講到後面，愈虛無縹緲。

「你給我個幾分鐘，我去去就回。」

我說。那位把守房門的男性服務人員正被看熱鬧的房客牽制得無暇他顧，我便從側翼潛入，推開半掩的房門。

是個沒走頹廢風的正常房間。

三個多鐘頭前將我拒於門外的黃博文教授現在再也重施不了故技，因為只著白色「吊嘎」與四角「阿公內褲」的他坐在房內的正方形木凳上，懸垂著雙手，上身伏於長方形的木桌桌面。

頸部以上，由於他那張兇神惡煞的老臉淹浸在木桌桌面上的藍色水盆裡，所以見人的只有他頭髮塗滿髮油而雜亂四翹的後腦袋。

比起陰慘的屍體，我還畏懼活著時的他多些。

那裝了水的藍色水盆，是配在每間客房浴室內、供房客盆浴時舀水用的塑膠盆。他穿紙拖鞋的腳邊地上，則散落著旅館的住房須知、便條紙、原子筆、花蓮的旅遊地圖手冊與電源的延長線。

房內的床上與浴室都還算整潔。我正要再勘查勘查時，把守在房門外的男性服務人員朝房內大呼小叫起來：

「這位不請自來的客人、這位不請自來的客人，警察都還沒有到呢，能不能自重一點呀？」

「自重？」我回喊道：「我在這趟旅程中頓頓大吃大喝，體重都已經破表了，還要我再『重』一點啊？」

這笑話太冷，冷到他顫了一顫後，拒不買帳：

「回房間去好嗎？謝謝合作！」

13

十一個鐘頭後的隔日上午十一點多。

昨晚在我們自己住的七三一號房與黃博文教授住的五一八號房變局接踵而至，讓吉娃娃與我在北行的蘇花公路車程中，鴉雀無聲。

過太魯閣後的路段可能是前方有坍方的落石，因為修路而實行交通管制。我們這長串的北上車流只能一輛挨一輛地怠速不動，眼睜睜讓先被開放通行的南下車隊一臺接一臺絕塵而去。

數到第一百臺南下的車時，我憋不住了：

「太過分了！是不把我們北上的當人看喔？」

副駕駛座上的吉娃娃也抖掉她披蓋在上身的駝色韓版毛呢外套，點頭稱是。

「如果讓我數到第兩百臺，我就要……」

「柯老師。」吉娃娃啟口道：「昨晚……」

「啊？」

她終於要打破僵局，評論我們昨晚那段酒後的脫軌演出了嗎？

我屏息以待。然而最後關頭，她還是卻步而轉了個彎：

「昨晚……我因為睡得太好了，所以沒被五樓黃博文教授的事給吵到……」

她直睡到早上十點多，連吃到飽的早餐都睡過頭了。

「喔，那件事呀？」我也舒了口氣：「吉娃娃，像妳這樣沒被吵到而一覺到天明，才是有福份的人啊。」

是因為睡前「運動」太爽了，才睡得那麼好嗎？

「柯老師，黃博文教授的死是……」

「以我在五一八號房的勘查所得，他應該是溺死的。不過確切的死因，還是得靜候警方的鑑識報告出爐。」

「溺死？所以他的屍體……是躺在浴缸裡嗎？」

「不是。」

聽我敘述完黃博文教授的死狀後，吉娃娃雙臂在胸前一交叉，擠出了上衣寬領下的乳溝。

喔，好想舔呀……

「坐在房內的木凳上，臉淹浸在……木桌桌面上的水盆裡溺死？」吉娃娃忖道：「好別出心裁的死法啊。他是自殺，還是他殺的呢？」

會對別人的死法用到「別出心裁」一詞，這種用法本身就很「別出心裁」。

他已經有言在先，除非他嗝屁了，否則沒人能攔阻他出席。

既然有親刃門徒以清理家戶的鋼鐵意志，那麼這樣的老傢伙說會自殺，也太離奇了。

「他沒有自殺的理由，卻有遭他殺的理由。」我遠望著車窗外的斷崖峭壁外的汪洋：「能從他的死獲益的人，就是……」

「那位博士生呂守仁。」吉娃娃說：「少了……黃博文教授那一票，呂守仁就可以從學籍案中……

絕處逢生了。」

黃博文教授是在昨晚十點三十分時從五一八號房打電話到房務部點香檳。十一點，女房務人員來五一八號房送香檳時不得其門而入。

十二點十分，女房務人員再拿了備份的五一八號房的房卡來，發現了屍體。因此，黃博文教授遇害的時間應該是十點三十分到十二點十分之間。或者，十一點女房務人員不得其門而入的時候，他就已經死在房間裡了。

但是……

昨晚十一點，bar裡的中年酒保是這樣對我和吉娃娃說在最角落圓桌座位裡的呂守仁的：

從八點起，他就在那邊獨坐了三個鐘頭……

而呂守仁自己是這麼供述的：

當我喝完酒回來時，就在我住的五一七號房門前遇見在打電話報警的女房務人員……

女房務人員發現屍體的時間是十二點十分，再打電話報警時，應該也是十二點十分後的事了。

「姑且認定這些涉及時間點的證詞均為真。那麼，從八點到女房務人員報警時，坐在bar裡的呂守仁都有不在場證明了。」

「所以，人……不是他殺的囉？」吉娃娃一臉落寞的神情，就好像她弄丟了中了頭獎的大樂透彩券一樣：「那麼，會是誰殺的呢？」

會是誰殺的呢？

警方那邊自有專業的鑑識知識與技術這一套科學辦案的法寶。但在那之外，我有沒有可能將已有的碎片憑藉一己的邏輯推理，拼貼出案情的全圖呢？

我闔上眼皮，讓五一八號房內的案發現場重映在幽暗之中。

黃博文教授著白色吊嘎與四角阿公內褲坐在正方形木凳上，懸垂著雙手，上身伏於長方形的木桌桌面……

他穿紙拖鞋的腳邊地上，散落著旅館的住房須知、便條紙、原子筆、花蓮的旅遊地圖手冊與電源的延長線……

住房須知、便條紙、原子筆、花蓮的旅遊地圖手冊與電源的延長線……

這些，應該都是附在客房內的旅館用品。除了木桌上，不太會被置放到別的地方。

更不要講是散落在地上了。而黃博文教授那頭髮塗滿髮油而雜亂四翹的後腦袋……

也與他素來向後梳齊的髮型不符。可能是後腦袋被兇手制住而臉淹浸在水盆裡時，他垂死頑抗而致。而地上的那些住房須知、便條紙、原子筆什麼的，大概也是那時候被他從木桌上揮落的。

雖然他已是個六旬老人，但要制住他的後腦袋往水盆裡按壓，直到他嚥氣，沒有三兩三的指力與腕力，是上不了梁山的。因此，兇嫌絕非貧弱之輩。

如果屍體沒被動上什麼手腳，吊嘎與阿公內褲就是黃博文教授生前最後的衣著，那麼……

一則黃博文教授是被潛入房內的兇嫌偷襲的。如果不是，二則是他自己迎接兇嫌入房的。

穿得那麼隨性迎接兇嫌，足見雙方有既定的熟識度，或是默契……

「什麼樣的……默契呀？」

吉娃娃問我。

「比如說，黃博文教授召妓。來的是雖然是生份的性工作者，但由於有性交易的默契在，所以他毋需改換上什麼正式的服裝……」

「因為就要上床了是嗎？」

一提「上床」，一股窘意又在我和吉娃娃間油然而生。

「可是，性工作者……沒有什麼行兇的動機吧？」吉娃娃巧妙地將窘意化解掉：「即使是為了錢，殺人……好像也有點得不償失。」

「而且吉娃娃，女人應該沒有那麼強的腕力，可以將黃博文教授溺死成那個樣子……」

「柯老師，黃博文教授會不會……性好男色，所以召來的是男妓呢？」

吉娃娃摩挲著眼窩說。

果然後生可畏，意想天開的創意無垠……

「我跟妳賭上我這顆項上人頭：黃博文教授絕不是gay。」我鐵口直斷：「就算所有的異性戀男人都轉了性，他也會抵死不從的。」

吉娃娃瞇縫著眼，竟笑得有點淫：

「柯老師要賭的是……『上面』的大頭嗎？」

「不賭大頭，是要賭『下面』的『小頭』嗎？那個，我可賭不來喔。」

互在尺度邊緣你來我往。接著，吉娃娃斂容道：

「是喔？所以『男妓說』……就bye-bye了？」

「『女性的性工作者說』，好像也不是很站得住腳……」

我還沒接口下去，吉娃娃就指往擋風玻璃外開始前行的北上車流：

「出運了！柯老師，動囉、動囉……」

「喔喔……」

左一句「柯老師」、右一句「柯老師」地。

昨晚，我們都已經「水乳交融」過了，還那麼隔閡幹麼？我不是都直呼妳「吉娃娃」了嗎？妳也該投桃報李，給我取個甜蜜一些的小名嘛。

我從P檔換D檔後，輕踩油門。

或取個英文名字。英文名字、英文名字……

她叫……Yulanda；柯老師的那位芳療師叫……Shirley。

還都取洋名呀？

Yulanda說，她們那邊的芳療師……都是以英文名字互稱。

芳療師？

我的身體憶起被Shirley指尖、掌心與手肘的手技侍候時的服貼感。以芳療師的指力與腕力，要將六旬老人的臉按壓在水盆裡溺死……

並不是輕而易舉，但也沒有那麼困難。

昨天晚餐前在山路上偶遇黃博文教授時，他將上半身側向他身後的呂守仁，對我說道：

是託我博士班學生的福。他的女朋友在這間旅館工作，住宿能拿員工價，差很多喔！

呂守仁的女朋友在『尤蘭達』旅館工作。

昨晚八點四十五分，當我去五一八號房見黃博文教授時，他說道：

呂守仁！又是他！按摩的時候，已經有他女朋友拿他的事來煩我；現在按摩完了，又有第二個人拿他的事來煩我！

他的SPA按摩療程是從七點到八點半。他按摩的時候，被呂守仁的女朋友拿呂守仁的事來煩……按摩的時候，能煩他的人，也只有芳療師了吧？

我的芳療師Shirley說過：

您和那位小女生的療程是因為預約在前的那位客人，才被擠到九點正開始的。是那位客人不好，不是您和那位小女生不好。

那位客人的療程是……

七點，到八點半結束。

而且……

我六點起就有空，但那位客人說六點他要吃晚餐，非要預約七點不可。

……那老傢伙獨斷獨行慣了。

所以在我和吉娃娃的療程前，為黃博文教授按摩的芳療師，也是Shirley了？

她曾被她的同事，吉娃娃的芳療師Yulanda這樣說過：

她去年……交了個新男朋友，而自己也到了適婚年齡，想嫁想到瘋了。

Shirley的男朋友……不是泛泛的學生，而是畢業後起薪會很高的那種學生。

哪一種學生非泛泛之輩，畢業後起薪會很高呢？

嗯……EMBA的學生？可是他們在學時，薪水就已經不低了。

……

喔喔喔！不就是像呂守仁這種畢業後，能在大學的專任教職裡佔有一席之地的博士生嗎？

假如沒跟我一樣深蹲個七年的話……

所以，所以所以所以，讓Shirley想嫁的那位男朋友，就是呂守仁？

如果就這樣被我瞎貓碰上死老鼠，那麼這一對情侶檔還真互補得可以：女的臂膀壯碩，男的卻瘦巴巴地。

芳療師的……體能耗量大，運動傷害也不淺，所以職業生涯多半短暫。

做個幾年、存了些積蓄後，只要嗅到……有一點可以轉業的氣息，就會一去不回。

改做收入更高……而體能耗量較小的工作；或者嫁人……

呂守仁是Shirley能從芳療師工作中抽身的跳板。

有了呂守仁穩固的大學專任教職，她就可以跟這種終日苦勞的生活說拜拜啦，不是嗎？

再也不用像昨天那樣，下午一個療程、晚上兩個療程，四點五個小時的燃燒生命……

然而她的夢想，就在黃博文教授的一念之間。

只要在星期四系務會議的學籍案中投下贊成票，黃博文教授就可以一次摧毀掉呂守仁與Shirley兩個人。

再也沒有比把低下的人當螻蟻一樣玩弄於股掌更教大學教授沉迷的樂趣了。因此，姓黃的是吃了秤陀鐵了心。

除非他嗝屁了，否則沒人能攔阻他出席。

男友在bar喝起悶酒。那麼，就讓老娘來吧。

「老娘？」搗了嘴的吉娃娃向後一縮，宛如受了驚的小動物般：「所以柯老師，下手殺害黃博文教授的……會是Shirley嗎？」

「我知道妳想說什麼。Shirley空有動機，可是……」

她的不在場證明之強，只怕還在她男友呂守仁之上。

雖然像在南投環湖纜車站的顏運昌教授命案時依樣畫葫蘆，不過吉娃娃這次是以人物為經、時間為緯在手機上製表，讓昨晚黃博文教授與Shirley的動向昭然若揭。

<table>
<tr><th>時間</th><th>黃博文教授</th><th>Shirley</th></tr>
<tr><td>七點～八點半</td><td>SPA按摩療程</td><td></td></tr>
<tr><td>八點四十五分</td><td>在五一八號房門口見柯老師</td><td></td></tr>
<tr><td>九點</td><td></td><td rowspan="3">SPA按摩療程</td></tr>
<tr><td>十點三十分</td><td>從五一八號房打電話到房務部點香檳</td></tr>
<tr><td>十一點</td><td>沒為來五一八號房送香檳女房務人員開門</td></tr>
<tr><td>十二點十分</td><td>被女房務人員發現屍體</td><td></td></tr>
</table>

「柯老師不是說過，黃博文教授……遇害的時間是昨晚十點三十分到十二點十分之間，或是十點三十分到十一點之間嗎？」

吉娃娃倚在我的右肩，將她的手機螢幕舉在方向盤上讓我看時，陣陣的髮香醉人。

「唔……嗯，是呀……」

「但在這兩個時段裡，Shirley都被柯老師的療程給綁在ＳＰＡ館裡了啊！她要怎麼去殺人呢？」

是呀，她要怎麼去殺呢？

Shirley人在ＳＰＡ館裡，黃博文教授人在與ＳＰＡ館隔了一個餐廳區的客房區裡。由於館區間的山路上禁行機動車輛，如果從一個館區要走到另一個館區，慢則十五分鐘、快則十分鐘……

即使是用跑的，也要個七、八分鐘。

Shirley從ＳＰＡ館跑去餐廳區、再跑去客房區，加加減減要近二十分鐘；這樣跑回ＳＰＡ館，就是近四十分鐘……

還沒將她下手行兇的時間算進去呢！以黃博文教授那種臉淹浸在水盆裡的死法，也不是一時半會兒就能搞定的。

力道可以嗎？

可以……

空調會太熱或太冷嗎？

不會……

在療程的前半段裡，也就是當我俯臥在芳療床上時，Shirley與我有過如上的對談。

雖然臉埋進芳療床的圓洞裡而看不到她人，但聲音確是她的。在療程的後半段裡，我的眼皮被布包覆住時，亦復如此。

那個……麻煩妳，為我加強大腿內側……

好的。

還要再加強嗎？

謝謝，可以了。

療程結束的時間是十點四十五分。往前十五分鐘，也就是當黃博文教授從五一八號房打電話到房務部點香檳的十點三十分時，我的臉上應該正被燒滾滾的毛巾折磨著吧。

給您熱敷。會太燙嗎？

嗯，燙嗎？還、還好……

熱敷……

那是shirley唯一不在芳療室的療程。她端起水盆似的器皿開門出去的時間有多久？五分鐘？十分鐘？十五分鐘？

再久，也不可能有近四十分鐘。就算有二十分鐘、三十分鐘好了，也都不夠她來回。

而她再出芳療室，到我小便、更衣、出芳療室、在沙發區坐下後再與她重晤的時間更短，不到五分鐘。

在這麼短的時間內去殺人？更是連個影也沒有。

所以，我能夠因此為容貌清秀而一心嚮往婚姻的她洗刷嫌疑，也稱得上是個皆大歡喜的結局……

「柯老師！危……危險啊！」

「什麼！」

都是因為我沉思得太入神，讓車子的左前、後輪都壓過了中線，與南下車道的車近在咫尺！間不容髮，吉娃娃急伸左手，將我的方向盤往順時針方向搬弄……

咻！

我們與南下的車擦肩而過。回歸北上車道而死裡逃生後，我像是洗了個三溫暖，卻還嘴硬道：

「吉娃娃，妳知道嗎？沒有險象環生，就不叫蘇花公路了……」

「噓噓噓！柯老師，做人……還是別那麼鐵齒的好。」吉娃娃反客為主地糾正起我來：「不過，這蘇花公路……彎過來彎過去地，就沒有別的替代道路可走嗎？」

「開車的話沒有；如果是坐飛機或火車的話，就另當別論。」

「是嗎？」吉娃娃滑起手機，說：「不是……可以繞道中橫公路嗎？」

「那比蘇花公路還難走呢。」

「不是……網路新聞說有什麼『蘇花改』嗎？」

「妳是說『蘇花公路改善計畫』嗎？嘿嘿，那個，妳畢業前若能通車，就該偷笑了。」

「所以，就沒有什麼……捷徑囉？」
「醒醒吧，腳下這條蘇花公路，就是唯一的捷徑了！」
「還說我呢。開車……開到對向車道的柯老師，才是該醒醒吧！」
「被妳在我的方向盤上那麼一搬弄後，我早就醒了。」
「『厚』！還怪我？我要是……不出手，我們兩個就永遠都醒不過來了啦……」
講實話，如果能夠與吉娃娃在蘇花公路上共赴黃泉，這樣的死法，也算是上天給我的慈悲了。
不過，好死還是不如賴活著。
所以我握實了方向盤，依著前方的彎路將車身維持在北上車道內左轉、右轉、左轉、右轉……右轉、左轉……

……

「捷徑」？
電光火石間，這兩個字有如當頭棒喝，令我茅塞頓開。

山路是專供遊客走的，比較遠；但她們工作人員另有從後門出去可騎乘機車往來的小徑，比較近。

「That's it！這就是啦！」
「柯老師……」
「吉娃娃，我懂了！」
「柯老師、柯老師……」

「她是在為我熱敷的療程裡從ＳＰＡ館的後門溜了出去，騎機車走捷徑去客房區殺害黃博文教授的！錯、錯不了啦……」

「柯老師！要撞車了啦……」

吉娃娃二度急伸左手，將我的方向盤往順時針方向搬弄，因為我只顧著破解Shirley的行兇手法，又讓車子的左前、後輪壓過中線了。

14

我們回到臺北的一個星期後，黃博文教授的命案就被偵破了。

警方把從案發現場的地毯上與屍體上找到的毛髮送ＤＮＡ鑑定後，有黃博文教授自己的，也有Shirley的。

夾藏在屍體左手中指指縫中的膚屑，其ＤＮＡ的排列也與對她的採樣相合。她費心營造的不在場證明，就這樣在科學的鑑識技術前敗下陣來。

被我猜中了。我的那位芳療師Shirley，就是與呂守仁論及婚嫁的女朋友。

她向警方供稱，這一年來在心理上與生理上，她都對自己的工作力不從心而無以為繼。用白話文講，就是她做不下去了。

唯有從芳療界引退並嫁作人婦，她才能脫胎換骨，迎向美好的將來。然而，被男友的論文指導教授堆砌起來的銅牆鐵壁，就擋在她與她美好的將來中間。

昨晚七點到八點半，她在療程裡好說歹說、軟硬兼施，黃博文教授還是不肯鬆動。

「不親嚐到苦，是學不了教訓的。舌頭被燙過，下回才會牢記食物要先放涼點再入口；膝蓋跌傷過，下回走路時才會求穩而不貪快。」

穿著紙褲俯臥在芳療床上的黃博文教授一邊在Shirley的手技下享福，一邊得了便宜還賣乖。

「黃教授，我男朋友只是婉拒了你一次而已，罪不至此吧？」

「罪至不至此不是妳判了算，也不是他判了算，而是我判了算。」黃博文教授抖了抖一身鬆垮垮的肥油，又道：「在學界，我黃博文就是掌控生殺大權的法官。」

「就不能給後生晚輩一個洗心革面的第二春嗎？法官也會網開一面的呀！」

「不。非要讓妳的男朋友喪失學籍，他才會痛定思痛，以後戒掉對老師拿翹的惡習。如果，他還有『以後』的話……」

此言一出，Shirley巴不得把她掌心下推著的那幾顆長在黃博文教授背部的肉芽徒手拔掉，痛死這老傢伙。

就在她心懷不軌時，黃博文教授從芳療床的圓洞裡昂起頭，色瞇瞇地盯牢了她。

「不過，假如妳在星期四的系務會議前讓我上個二十次，而且次次都能爽死我，我『也許』會考慮收回成命，『也許』。不，二十次太少了，三十次才夠本吧。嘻嘻、嘻嘻……」

Shirley的殺機，就在黃博文教授這段話後萌芽而生。

兩個鐘頭後的十點二十分，當Shirley在我的臉上包覆好熱毛巾，便溜出芳療室開起小差，騎機車走芳療館後門的小徑三分鐘直通客房區。

再搭工作人員用的電梯到五樓，按了五一八號房的電鈴。

門一開，她就閃了進去。

「啊，妳……」

Shirley對只穿衛生衣、褲的黃博文教授嫵媚一笑，說：

「黃教授，你說我只要讓你上個三十次，你就會考慮收回成命是吧？」

即使美色當前，黃博文教授還是不鬆口：

「而且次次都爽死我後，我『也許』會考慮收回成命。」

「黃教授，你可不要一試成主顧囉……」

「主顧呀？嘻嘻、嘻嘻……」

黃博文教授樂不可支，就在十點三十分打了通電話去房務部點瓶香檳來喝。

當Shirley進浴室裝了盆水來放在木桌上時，黃博文教授已經脫去衛生衣、褲，剩吊嘎與四角內褲穿在身上了。

「你先坐在這張木凳上，面朝木桌方向，然後……」

她說。黃博文教授照做時，嘻皮笑臉地問：

「就有好料的嗎？妳就要展露妳私藏的性愛絕招了嗎？」

「那還有假？雖然我只有一招，但包你值回票價，爽不死你不要錢……」

「哇，是什麼樣的絕招呢？我好期盼呀……」

「接招吧你！」

Shirley目露兇光，用被毛巾包住的雙手從背後制住黃博文教授的後腦，將他的臉往水盆裡按壓進去。

他垂死頑抗，而把木桌上的住房須知、便條紙、原子筆、花蓮的旅遊地圖手冊與電源延長線都給揮落在地時，指尖也屢屢摩擦到Shirley的前臂。

夾藏在屍體左手中指指縫中的Shirley的膚屑，就是這麼來的。

待黃博文教授懸垂著雙手命絕後，為了在房務人員來送香檳前落跑，Shirley只夠帶走作案用的毛巾，便關上房門而出。

她搭工作人員用的電梯到一樓，再騎機車走小徑回ＳＰＡ館。總計她這趟殺人之行，讓我仰躺在芳療床上臉部熱敷了十八、九分鐘。

療程結束了唷。

喔……

拖鞋放在您的左邊。我先出去了。

謝謝。

僅花不滿二十分鐘就能拆除掉黃博文教授堆砌的銅牆鐵壁，重迎美好的將來，誰來看都是物超所值。

無奈何，最後因拆除工程的善後不利而全盤皆輸。

如果黃博文教授沒有打電話去房務部點香檳，給Shirley案發後寬裕的時間清理現場，那麼鹿死誰手，猶在未定。

由於那通電話，在她與她美好的將來中間又高聳了另一道更牢不可破的銅牆鐵壁，其拆除工程更為浩大。因為，依刑法第二七一條規定：

殺人者，處死刑、無期徒刑或十年以上有期徒刑。

天外飛來的裸女（下）

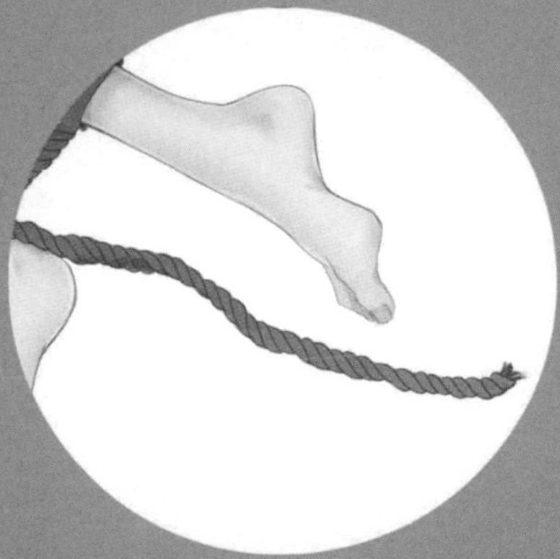

15

仗著整路催足油門、狂開快車，我才能在吉娃娃週一下午三點的課打鐘前就奔回臺北，駛達北華大學的校門口。

如果因此吃到超速罰單，我也只能認了。

吉娃娃推開副駕駛座的車門，只拿了教科書下車：

「柯老師，我的行李……太重了，可以先放車上嗎？」

「可以呀。」

「下課後，我再來跟……柯老師拿。」

下課後再來拿？

是在為今晚我們的「第二炮」埋下伏筆嗎？只見車門外的她，神色自若……

「喔。」

「那麼柯老師，下課後見囉。」

「下課後見。」

吉娃娃前腳一走，我還沒攥緊拳頭喊出「Yes」呢，李勇良學長的電話就來了。

「柯老師，那個大四余紹恩的事，給我辦得怎麼樣啦？」

恍如個黑道大哥在發號施令般。

我只愣了一秒鐘，便方向燈一打、油門一加，臨機應變道：

「學、學長，我已經在往醫院的路上開車了……」

「要去醫院探視他嗎？」

「是的。」

我把車往快車道切。

「去探視他好是好。不過我說了，怎樣讓他明年六月能如期畢業，才是要務。」

「是，我知道、我知道……」

「這個禮拜以內，好好想出一個萬全之策給我。」

李勇良學長那個我「字」一出，也不知道是在省什麼錢，就把電話給掛斷了。

這個禮拜以內？

太強人所難了吧！合理的要求是訓練，不合理的要求是磨練。第二炮的喜悅，就這樣被李勇良學長給的磨練沖淡了。

以余紹恩在學校之混，好手好腳都畢業不了啦，何況是臥傷在床呢？

我將車開進醫院的地下停車場後，從一樓的志工那邊問到了醫療大樓所在的區域，再從醫療大樓的護理站那邊問到了余紹恩住的的病房房號。

在嗆鼻的的消毒藥水味中，我探進了那四床一間的病房。

四床中有三張病床都被綠色的布簾子給圍起，沒被圍起的那張病床上的人又是平躺著的……瞬息間，我要覓尋的目標難辨。

「……柯老師？」

要不是湯浩宣坐在房內靠牆的折疊床椅上喊我，我還真不知該怎樣是好。

我向這位救星走近：

「湯浩宣同學，你還在這邊照料余紹恩同學啊？」

「也、也不能說是照料啦……」湯浩宣說：「他家是單親，媽媽白天要上班，所以……」

「看你臉書的最新動態，你這幾天都在這裡喔？」

「嗯。」

「我都不知道，你對他的同學『愛』有那麼濃呀？」

或許是聽出「愛」這個字被我有意渲染，湯浩宣摸摸他的三七分頭道：

「沒有啦，柯老師，我只是有事要問他，所以在等他的語言能力復原而已。」

細框眼鏡後的鳳眼眨呀眨地。

雖然被吉娃娃說「娘」，但在我這位老師人前的湯浩宣只是位斯文的小男人，將他的性向隱藏得深不見底。

「那麼，余紹恩同學的語言能力復原了嗎？」

「醫生說，已經復原到五、六成了。就在十分鐘前，我終於能聽出來他在講些什麼啦。」

有那麼半秒鐘，湯浩宣的臉上似乎躍過那種苦守寒窯而盼到情郎的寬慰。

「是嗎？恭喜啊……」

「柯老師，要不要跟他講講話？」

「喔？要嗎？」

不要吧。有什麼好講的？

「講講話嘛。」
「這……嗯，好、好呀。」
湯浩宣拉開了某張綠布簾。長驅直入的光線，照亮了布簾後的病床。
病床上平躺著一個頭上纏著綳帶、一眼睜著一眼閉著、護頸以下蓋著淺綠色薄被單的人。假如不是湯浩宣那句「要不要跟他講講話」，就算要我認一百次，我也認不出這個人就是余紹恩。
「嗨，余同學，你好……」
是不是因為我的問候語太爛，所以余紹恩睜著的那隻眼連眼珠子也沒轉一下？
我向湯浩宣搬救兵：
「那個，余紹恩同學沒鳥我耶……」
「因為他聽覺有受損，所以柯老師要大聲點。」
「是嗎？余-紹-恩-同-學！」這一喊，余紹恩的眼珠轉是轉了，卻是往我在的反方向轉：「這邊啦、這邊，我是柯老師啦！這邊……」
不屈不撓，終於將他的眼珠引向我。
「還ＯＫ嗎？」
我這句問候語更爛，爛到他又黑又腫的嘴唇開了開，但沒發出聲來。
「雖然現在談這個很不中聽，但我還是得問你一件事：你還欠幾個學分才能畢業，自己知道嗎？」
「知……知道。」余紹恩的聲音沙啞無力，傷得是不輕：「如果把大四上、下學期的課也加在內，還欠八十個學分。」
「你什麼時候才能回學校上課，知道嗎？」

「……不……不知……」

湯浩宣拍了拍我道：

「柯老師。醫生說，連同復健期，要到明年夏天才能拄著拐杖走路。」

「明年夏天？那麼漫長啊？」

「因為拄拐杖要用手，而他的雙臂也受創了嘛。」

情勢不容樂觀。我又對余紹恩說：

「因此，你還欠的這八十個學分，就得在大五時重修了……」

「我不要延畢。」余紹恩賭氣似地說：「我沒錢再付學費了，所以我要當兵、當完兵後上班賺錢，我不能延畢……」

早知如此，何必當初？先甘後苦，大四徒傷悲。

「如果不延畢，就只能暑修了。」我說：「可是，系上的《學生修業辦法》規定……」

「只要有超過二十個必修學分不及格，超過的部分就須在學期中重修，而不能暑修。」

余紹恩用虛弱的氣音背得比我還流暢。拼四年畢業云云，還真不是說著玩的。

「你不是已經有二十個必修學分不及格了嗎？」

「是、是呀。」

「只要大四這年，你再被當一個必修學分，就……」什麼「不要延畢」、「不能延畢」的豪情壯志，就化為烏有啦：「你們大四的必修課只有一門『創新管理』，沒別的了？」

「沒別的了。」

「『創新管理』課的任課老師是張奎龍教授吧？」

全行銷管理與流通學系最惡名昭彰的劊子手，也是「大五」這兩個字的代名詞。學生就算能全勤出席上課，也難闖過他那關；像余紹恩這樣要缺課缺到明年夏天的，更是死路一條。

只要在這病床上多躺一天，余紹恩離他大學的第九個學期，就更近一步了……

比誰都更深悟這一點的他因而顫動著嘴唇，欲語還休。

解鈴還需繫鈴人。我拍胸脯道：

「余紹恩同學，為了讓你如期畢業，我就賣我這張臉去向張奎龍教授求情吧。」

孰料躺在病床上的這位「準大五生」對我的「義舉」毫不領情：

「沒有用的，柯老師。張奎龍那個人，再怎麼求情，也是枉然。」

「不試，你怎麼知道呢？」

「不瞞柯老師說，我已經去求過他了。」余紹恩繼續用虛弱的氣音說：「為了不要延畢，我連下跪都跪啦，他還是不鳥我。幹……什麼要那麼跩呀？」

罵完，就咳嗽不止。

現下的他只是名進廠大修的傷患。從前在教室裡那個意氣風發的屁孩，已經蕩然無存了。

16

我將車開離醫院時已近五點半。在擋風玻璃外，一條條紅黃相間的彩霞掛滿天際。

一看手機，吉娃娃已經傳了好幾則私訊來啦，便回電給她：

「吉靜如同學。不，吉娃娃……」

「……我下課囉。」吉娃娃的語音活潑，毫無舟車勞頓後的倦意：「柯老師……在家了嗎？」

「我剛去醫院探視了余紹恩，現在還在開車呢。」

「所以我的行李……還在柯老師的車上囉？」

我躊躇了幾許。

如果我說「是」，那她下一句很可能就會叫我把車開去學校。然後劇本一：她從我的車上拿了行李，與我道聲別離，杳然而去……

劇本二，我開車送她回家，然後在她家門口與她道聲別離，看著她拿了行李杳然而去……

這兩個令人惆悵的劇本，都不如我對她撒這種謊：

「不在喔，因為去醫院前我有回家一趟，放我們的行李……」

這樣，為了拿回自己的行李，她就有去我住處的正當性啦。到了我的「主場」，有了地利，我跟她的「第二炮」還能不發射升空嗎？

「因此，我的行李……在柯老師家囉？」

「是的。」

「那麼，兩個人……吃頓晚餐後，我再去柯老師家拿吧。」

就是要這樣！就是要這樣！

去學校接吉娃娃之前，還有幾項前置作業馬虎不得。

我先開車回去，將我和她的行李從後車箱扛入我的套房。否則吃完晚餐她隨我踏進家門時，我撒的謊就穿幫啦。

由於繞不到車位，我只好將車先併排暫停在住處樓下的巷子裡。

六點整。我扛著行李一進房，被口罩蒙眼而不知天日的森永結衣已經在床上睡翻了。我扔了行李，鬆綁她手腳的繩索，很慢很慢地用「新娘抱」將她抱離我的床。

抱離她躺了我快一個禮拜的床，好虛位以待今晚的吉娃娃……

但是，森永結衣這位裸裎的「新娘」該去哪裡安身立命好呢？客廳或餐廳之類的公共空間用膝蓋想也知道去不得。因此，只能把她往另兩間空房間裡「移放」了。

小的那間空房房門上了鎖。

我一不做二不休，抱她進張奎龍教授每週來這邊留宿時睡的那間最大的套房，用在我床上時一樣的綁法，將她綁在張奎龍教授的床上，再關上房門出去。

吉娃娃、吉娃娃、吉娃娃……

晚餐時的氣氛很微妙。

在喧囂的人堆中一走進我在信義區影城二樓訂的義大利料理餐廳的包廂，耳聞服務生以生硬的義大利語迎客時，吉娃娃就把眼皮撐大，作吃驚狀：

「柯老師，是……有什麼喜事，晚餐要吃得這麼隆重啊？」

有什麼喜事？妳是在裝肖維嗎？

這是我們昨夜激情過後的第一頓晚餐啊！不吃隆重點，怎麼對得起被我們在好山好水的花蓮燃燒掉的卡路里呢？

而她卻好像無憂一身輕似地。想跟我撇得一乾二淨，溫存了卻不認帳？從小，妳爸媽是這樣教導妳的嗎？

裝沒事，好回到原初的師生關係上嗎？Come on，回不去了啦！

我就這麼氣鼓氣脹地不言不語，在座位上埋著臉吃我的「漁夫風海鮮麵」與喝我的「櫻桃檸檬漾」，直到如坐針氈的吉娃娃咳了咳，說道：

「我……解開壓縮檔了。」

「嗯。」

「柯老師，我……我解開壓縮檔了啦！」

再繼續端架子，她可能就要哭了。我只好應道：

「什麼壓縮檔啊？」

「就是……我的遠房堂姊寄給我的，以森永結衣同學……為名的那個壓縮檔啊。」

吉娃娃將解壓縮後的資料傳給我。我取出手機一看，她的遠房堂姊已經將日文資料大幅改寫成較通順的中文了。

除了早就被登錄在北華大學交換生資料庫裡的出生年、月、日與地點，以及血型和星座之外，在大、小「佐佐木希」的成長歷程中還有一點無分軒輊。

那就是，她們都有在青少女時期曾誤入岐途的小道風聲。

森永結衣的小道風聲來自於吉娃娃的遠房堂姊在日本的社群網站2Mixi中，彙整名為「秋田人」的用戶所表述的好幾段文字：

昨晚，我又做惡夢了。
與上個月、上上個月以及上上上個月的夢中千篇一律。夢中，我像隻爬蟲類一樣，趴在骯髒的女廁地板上。由於被一隻鞋從上踩住了頭，因此我的臉離地板上的那坨糞，只有幾公分之距。
鞋與那坨糞的主人是同一人，那就是我的高校同班同學森永結衣。
別被她的名字，也別被她的美貌給騙了。在學校裡，她可是令人聞風喪膽的大姊頭。
那些追隨她的儸儸們則分站在我的前、後方，聽候她的指令行事。地板上的那坨糞，就是她們從森永上過大號的馬桶裡丟出來的。
「給我大口吸氣。」
她冷峻的聲音從我頭的上空傳出時，我前、後方的儸儸們便搖旗吶喊道：
「喂！在叫妳呢！」
「要妳大口吸妳就大口吸，可別打混啊！」
「打混的收場是什麼，不說妳也知道吧？」
形勢比人強，我只能屈從。
大口吸氣時，森永那坨糞的臭味，直薰得我好想吐。
「給我大口吸氣。」
森永又說。可能是她站的角度太高了，沒看到我剛才那一幕，我只能再照做一遍。
「舌頭伸出來，舔下去。」
她說。
要我舔下去？

舔下去？舔她的糞？

真要我舔下去？

就在這生死存亡之際，我從夢中醒了過來。

自額頭到脖頸都是汗涔涔地。我進浴室洗了把臉，想把那場惡夢也給洗淨。

然而，在比惡夢更為悽慘的現實中，我的舌頭真真切切舔到了那坨糞。那是我再怎麼洗，也磨滅不了的。

猜到了嗎？夢中是我高校二年級時的真人真事。

證據就是被森永的爛爛們用手機拍下後再上傳到網路的舔糞照。只不過，照片中我的臉部被做了加工處理，讓人辨別不出，而為我留了一點顏面。

而這一點顏面也不是森永法外開恩，而是我忍悲斬斷情絲，與我的男朋友增田和也分手而換來的。

「為什麼要分手？」就在我舔糞的那天晚上，增田在學校體育館的頂樓發了狂似地問我，還猛搖我的肩：「是我做了什麼嗎？」

「不，你沒有做什麼……」

「所以，是因為我沒有做什麼，妳才不要跟我交往了嗎？」

「沒那回事，這與做了什麼、沒做什麼無關；增田是很棒的人。」

這是肺腑之言。如果可能的話，我多想一直與他交往下去。

他繼續搖我的肩：

「那麼，為什麼要跟我分手呢？」

「因為……」

「如果妳不跟增田分手，我就會將妳的舔糞照原汁原味地上傳網路。」女廁內，森永冷峻的聲音又從我頭的上空傳出：「但是，如果妳今晚就與他一刀兩斷，我可以將照片中妳的臉部加工處理後再上傳。怎麼樣？」

「……」

因為在面子與愛情間，我選了前者。

「妳不會是還在和荒木那傢伙藕斷絲連吧？」

在體育館的頂樓上，我的肩膀被這麼說的增田捏得很緊。荒木大輔是我的前男友，與增田、森永都是我班上的同學。

「沒那回事，我跟他早結束了。」

「那麼，告訴我那個害妳變心的混蛋是誰，我去揍扁他！」

增田勃然大怒，朝空氣揮拳。

「沒有你說的那個人，不用煞費心機啦。」我說：「總之，我們就這樣吧……」

就這樣，我與一百八十四公分高的全校第一帥哥增田和也由於森永拉的糞，而踩下了愛的煞車。

一年前，我從不知道多少位慕名增田的同校女生中脫穎而出，像贏得大獎似地，與這位大帥哥開始在校園裡同進同出。妒忌我的人都說，我只是因為與他同班，近水樓臺先得月，才會有這樣的好運。

我是不否認這個啦……

然而千算萬算，我沒算到森永這位會依彩虹的色譜染髮、化淺色眼影的貓眼妝、一菸在手樂似仙的太妹，竟也會在妒忌我的人之列。

當我在學校一落單，就是她懲罰我和增田高調戀愛的時候。言語譏諷還只是開胃菜，將我的身心逼到極限的肢體霸凌，才是她的拿手絕活。

不過，她不會讓我身上多出會被增田發現的傷痕，而且還會恫嚇我說：

「妳如果想讓增田代妳受罪的話，就把我對妳做的事說出去吧。」

雖然我不看好她與她的儸儸們能將身強體壯的增田制伏，但為了守護所愛的人，我還是決定三緘其口。

三緘其口。直到我的口與她拉的糞合而為一……

再後面的事，我都是聽我的好姊妹小純說了才知道的。

我和增田一分手，森永就趁虛而入，展開連番攻勢，然後開始與增田兩個人在校園裡出雙入對。

雖然是裝束前衛的太妹，又有毆辱師長、與學長亂來以及霸凌同學的不良素行，但面貌與身材底子好的森永鮮有降伏不了的異性。即使是像增田這樣的頂級帥哥，與我分手後也被她手到擒來。

我是這麼想的。孰知，這只是增田的緩兵之計。

一個月後，森永在夜色中被膠帶封住嘴巴、僅穿了內衣內褲被綁在校門後的「二宮尊德」銅像上的照片傳遍了大家的手機。照片中，在她的制服上還被貼了一張大大的紙，紙上用手寫著：

我是個被增田甩掉的娼妓！

這是增田不曉得從哪裡獲悉了森永對我的劣行後，施加給她的無情復仇。他佯裝接受告白，虛與委蛇當她的男朋友；實則臥底在她身邊，好給她致命的一擊。可乘之機，就在她被他帶去學校灌醉的那天晚上……

「娼妓照」問世才三天，森永就禁受不住同學的指指點點，在電車站企圖自殺了。雖然說秋田縣的自殺率在全日本數一數二，但誰都意想不到習於逞兇鬥狠的她竟也會有尋短見的軟弱面。就在她心灰意冷而要往月臺下縱身一跳時，胳膊被一位同齡的他校女學生給拉住。

「不要、不要做傻事！」

聞者都說那位女生的警語聲如洪鐘，響徹了整條月臺。

大難不死後沒幾天，森永就轉了學，舉家搬離秋田了。

時光荏苒，世事多變。少了森永後，增田雖與我復合，但我們終究有緣無份，因為在高校畢業前他就連劈腿了三位學妹，接著便向我提分手。

這就是為什麼我大為失常，最後只考取家鄉秋田的女子短期大學的原因。

短大一年級時，到東京就讀上智大學的小純有天在Mixi上問我：

「喂，妳還想得起森永這個人嗎？」

就像生理期來一樣，我每個月都會做一次舔森永糞的惡夢，怎麼會想不起她呢？

「森永結衣嗎？她怎麼了？」

「她也在上智耶。以她的高校成績，是不是很可疑？」

「這樣啊……」

她在高校當太妹的那兩年中，成績總在我們班上墊底；如果她考倒數第二名，就沒有人能考倒數第一名了。

「或許人家轉學後就痛改前非、奮發向上了呢。」

我說。小純回道：

「或許吧。士別三日、刮目相看，她一舉手、一投足是和高校時不一樣了，貓眼妝與香菸都消逝無蹤，而且她把染回黑色的頭髮剪得好短好短，穿戴得就像個男性似地……」

穿戴得就像個男性似地……

在下個月的惡夢中，踩住我頭的森永，會不會因此就換為男性扮相呢？

即使會，惡夢還是惡夢，好像也沒有比較好受一點。什麼時候風水也能夠轉一轉，夢見是我在女廁裡踩住她的頭呢？

夢見是我喝令她舔我拉的糞呢？就算是一次也成。就讓我這麼夢見一次吧！

由於Mixi網站採「非實名」的登記制度，所以這位化名「秋田人」的用戶是森永結衣的哪一位高中同窗，尚待考證。

17

人不可貌相。在森永結衣那甜姊兒般的笑容背後，卻有那麼波瀾壯闊的過往。

在被吉娃娃解壓縮的檔案中，還附有「秋田人」所稱的男性扮相的森永結衣舊照。眉、眼、鼻、臉都像極了北華大學交換生資料庫上的檔案照，只有髮型天差地遠：舊照中短到不能再短的頭髮，到了檔案照中則又直又長，並修整了瀏海。

我略一推想後，對吉娃娃說：

「森永結衣同學那些男性化的舊照應該是攝於上智大學一年級時，而她那張富女人味的檔案照應該是攝於二年級時。」

「是什麼原因，造成這兩種照片間……有巨大的落差呢？」

這既是吉娃娃的也是我的疑問。我啜了一口「櫻桃檸檬漾」，說：

「如果再追溯到森永結衣同學高校時的太妹期，這五年來，她已經在三個迥然不同的樣貌與性格間遊走過了。」

所以她不是判若兩人，而是判若三人啦。只能說，這位綽號「小佐佐木希」的日籍交換生是名深不可測的謎樣女性。

而由於彼此都沒有把心結講開，所以我和吉娃娃的關係該如何往下走，也是一團迷離。

餐畢，我開車送她回我的住處拿行李時，雙方在車上的談話還是不著邊際。

「所以柯老師，我們這趟……環島小旅行是空手而回囉？」

「怎麼這麼說？」

「因為，除了我們每晚住的……都是一年前那位小宮亞實同學住過的地方外，我們什麼該找的線索都沒找到。」

「可是，我邊旅行邊玩票破了三件命案呢。」

最後一晚，還破了妳的……

「柯老師破的……又不是森永結衣同學的失蹤案。她仍舊下落不明呀！」

「她的下落，是妳最不需掛心的事。」

「柯老師，為什麼……要這麼說？」

「因為、因為……」言多必失，我硬圓回來：「因為，天塌下來，也有我這個老師頂著。」

「是嗎？就怕柯老師頂個……五秒鐘，就不支倒地了。」

「五秒鐘？也太看扁我了。最起碼，我也能頂到六秒鐘。」

「……不幽默！柯老師，不幽默！」

「晚餐好吃嗎？」

車愈近我的住處，我們的談話就愈沒營養。

「……好吃。」

「好吃就好。」

「那……柯老師呢？晚餐好吃嗎？」

「好吃。」

「……好吃就好。」

……

當我九點半鐘領著吉娃娃步上公寓的樓梯時，已經對我們今晚第二炮的發射升空暗暗唱衰了。

明晚、後晚可能也甭想了……

盪到谷底的心蒙蔽了我的眼，忽視了在屋門口的鞋墊上多出來的男鞋。因此，我用鑰匙打開屋門時，才會被屋內的陣仗驚得退避三舍。

吵架聲一句比一句大：

「搞什麼？搞什麼？你這同學是從哪裡冒出來的？」

「張老師，不，Nike，你做出這種事，不羞愧嗎？」

「什麼Nike？什麼羞愧不羞愧的？你這同學私闖民宅，我才要報警來抓你呢！」

「你報警啊！看看警察會抓的是我，還是把女學生綁在床上的你！」

「你、你嘴巴放乾淨點！」

我對還在屋門外的吉娃娃低語：

「妳先回家，行李我改天再送過去給妳……」

「……咦？為何？」

「因為，妳們班的湯浩宣同學，正在屋內和張奎龍教授吵得不可開交呢。」

「是喔？湯浩宣和張奎龍教授？怎麼會……這樣？」

18

由於這段插曲，兩天後的週三，也就是上智大學的訪查員蒞校的當日中午，緊急加開了一場系務會議。

出席者有北華大學行銷與流通管理學系的全體專任教師；列席者則有吉娃娃、湯浩宣和我三人。系務會議中的提案只有一個，案由是：

本系張奎龍教授違反性別平等情事，提請討論。

「主席，我要抗議。」張奎龍教授從會議桌尾的座位上站起來時，氣到披在他禿頂的那幾撮長髮七零八落：「案由這樣寫，不就已經先入為主了嗎？基於『無罪推定原則』，『違反性別平等情事』這幾個字前應該加個『疑』字！」

坐在會議桌主席位上的系主任梳著灰黑相間的西裝頭，不苟言笑地說：

「張教授，我主席裁定，加不加這個『疑』字，並不影響討論。」

系主任也是正教授，且是學校董事長的愛將，資歷上雖然較輕，但後臺比張奎龍教授還硬。

「不影響討論？什麼話？」

「因為，我們今天要討論的或許不是張教授你有沒有違反性別平等情事，而是違反性別平等後的處分。」為了不讓張奎龍教授見縫插針，系主任遂對我道：「那麼，就先請柯宇舫老師發言。」

「是。」我說：「前天晚上，當我回到住處時，大二的湯浩宣同學與張奎龍教授正在屋內吵得不可開交……」

「幾點鐘的時候？」

系主任是在幫出席的專任教師問。我道：

「九點……九點半的時候。」

有位專任教師問我：

「柯老師住在哪裡？為什麼張教授會在屋內呢？」

「三年前，我開始向張教授承租他買在學校生活圈內的公寓。三房公寓內的一個套房是我住；另一個套房張教授每週有課的那幾天會來留宿。」

「那麼，這學期張教授每週是星期幾的時候有課呢？」

「星期三與星期四這兩天。」

系主任代答道。

「那麼，這位湯浩宣同學為什麼前天晚上又會在柯老師的屋內呢？」

那位專任教師又問。坐在我身旁的湯浩宣縮了縮頭，答道：

「我和柯老師約好，去那邊報告余紹恩學長的事。」

系主任對出席者一陣旁白：

「余紹恩是我們系上的大四同學，上週二晚間因為車禍住院，都是由這位湯浩宣同學在病房照料。而柯老師是受大四班導李勇良老師之託，逐日追蹤余紹恩同學傷勢的康復進度。對不對？李老師？」

被唱到名的李勇良對系主任大點其頭：

「對，對……」

系主任扶扶眼鏡後，又對我說：

「柯老師，請繼續。」

「是。我回到住處時，他們正在屋內吵得不可開交。當兩個人在張教授留宿的套房前你一句、我一句時，我從套房半開的門內，看見床上躺著一個女生……」

「柯老師，好好講！好好講！」

臉紅脖子粗的張奎龍教授被系主任喝止：

「張教授，現在是柯老師的發言時間！」

我續道：

「床上的女生身上連一件衣服也沒穿，而且手腳都被綁住，眼睛和嘴巴也……」

「這不是ＳＭ嗎？」

有位專任教師開了這第一槍。

這一槍引發會中一陣熱戰。出席的專任教師從道貌岸然的面具後狎笑、嘻鬧，跟他們教的學生有拚：

「ＳＭ？什麼是ＳＭ？」

「這才不是ＳＭ呢，ＳＭ是性虐待啦……」

「手腳被綁住就是性虐待啦……」

「SM是Sadism與Masochism兩個字的縮寫……」

「Sadism是什麼？」

「手腳被綁住為什麼就是性虐待？那只是被綁住而已，又沒有在虐待。」

「綑綁本身就是一種虐待。要不，你晚上綁你老婆綁綁看。」

「Sadism是施虐，Masochism是受虐。」

「呿！我老婆？她都幾歲了，肉又垮成那副鬼樣，我才不想綁她呢！要綁也要綁……」

直到系主任舉起無線麥克風出聲制止，被中止的系務會議才起死回生。

「柯老師，請繼續。」系主任道：「那位被綁在張教授床上的女生是？」

「是『本系』的……」

咦？等一下。

在座的出席者都是些吹毛求疵又心胸狹隘的人。與他們交手時，如果一個遣詞失準，很可能就會為我惹來殺身之禍。

我只是行銷管理與流通學系的「兼任」助理教授。如果妄稱「本系」，很可能會招嫉。

本系？那個柯宇舫什麼時候與我們同列了？

嘴上無毛的傢伙，還以為他自己是誰啊？

如果改稱「貴系」，又有點見外。因為我已在此兼課七年，而我的專任教師應徵案又被排入了下個月系教評會的議程之中……

就稱最沒有爭議的「系上」吧。

「是系上的交換生。」我說：「本學期來自日本東京都上智大學的森永結衣同學。」

出席的專任教師又起鬨了：

「交換生？」

「日本人？」

「日本女生？」

「森永……結衣？」

「我有教到她，外型很出色啊！」

「身材又棒……」

「張教授愛呷日本料理呀？而且還吃那麼好……」

「老當益壯。我要是六十歲還能這樣就該知足了……」

「森永結衣、森永結衣……」有位專任教師問我：「會不會是柯老師看走眼了，只是個很像她的人？」

我使出殺手鐧說：

「不會的。因為第一，有湯浩宣同學拍到的一段影片為證。」

「影片？」那位專任教師問：「是當場對張教授的床上拍的影片嗎？」

「是的。」

「影片中有那位森永結衣同學？」

「有的。」

「被綁在張教授的床上？」

「在張教授的床上。」

「身上連一件衣服也沒穿？」

「一件衣服也沒穿。」
那位專任教師愈問、我愈答，出席的專任教師眼睛就睜得愈大。
另有一位專任教師出頭，對湯浩宣吐露了出席者的心聲：
「這位同學，你那段影片可以拿出來給我們播放嗎？」

「對對對，影片影片影片……」
「要播放、要播放的……」
「為了要審視每項細節，這麼做是免不了的……」
「影片快拿出來吧……」
出席的專任教師如同嗜血的鯊魚。

以手勢封住湯浩宣的口後，系主任潑了那群鯊魚一盆冷水：
「性侵事件中的保護被害人原則，各位都忘了嗎？那種私密的影片，怎麼可以拿出來播放呢？」
「……」
「不過，由於我已看過那段影片，所以我可以向各位擔保，影片中的女生，就是森永結衣同學本人……」
「什麼？系主任已看過？不是才說有保護被害人的原則嗎？」
「只准州官放火，不許百姓點燈……」
「自己百無禁忌，卻處處對別人設限……」

這些出席的專任教師講的悄悄話，全被我給聽進耳裡。

我再道：

「第二，我和湯浩宣同學把床上的女生鬆綁後，將她送去了醫院。醫院那邊在為她驗傷前，也要過她的護照與學生證等。除了是森永結衣同學，她不作第二人想。」

系主任又添了一句：

「森永結衣同學現在就坐在與這間會議室隔了一面牆的討論室裡。系務會議前，我才與她長談過前天晚上的事。各位就不要再對被害者的身分多疑了！」

「她現在在討論室裡？」有位專任教師對系主任舉起手掌：「可以請她過來自白嗎？」

「不宜。」系主任像唸咒似地咕噥：「保護被害人的原則、保護被害人的原則。第三，各位可以問在座的張教授，昨晚被綁在他床上的女生，是不是森永結衣同學？」

眾人的目光如箭，齊向張奎龍教授射去。

張奎龍教授的沉默勝過千言萬語；答案不言自明。

系主任接著請吉娃娃發言。

「各位老師好，我是……大二的班代吉靜如。本學期，森永結衣同學就是被編在我們班上。」也許是這種場子見多了，吉娃娃一反常態，侃侃而談：「上週三，她連缺席了『溝通與商業談判』、『客戶關係管理』、『消費者行為』以及『供應鏈管理』四門課。我打電話與私訊她，也找不到人……」

「失蹤了？」

有位專任教師問。吉娃娃道：

「對。她的室友說，上週二晚上……去參加管理學院的交換生迎新晚會後，她就沒有回宿舍睡覺了。」

「妳是說，她失蹤了一個星期啊？」

系主任右手敲著桌面，向張奎龍教授開炮：

「張教授與姚院長是焦不離孟、孟不離焦，因此也受邀出席了那場迎新晚會吧？」

「是又如何？」

張奎龍教授森然以對。系主任繼續咄咄逼人：

「上週二，張教授與森永結衣同學同赴迎新晚會後，她就失蹤了；一個星期後，她被綁著出現在張教授的床上，衣物還被藏在後陽臺的洗衣機裡……」

「是又如何？」

「整件事一目瞭然，裡頭一點難解的謎團也沒有。森永結衣同學已向我一口咬定，將她在公寓套房裡囚禁了一個星期的人，就是張教授你！張教授違反性別平等，事證確鑿。」

系主任如此宣佈道。

倘若不是已領得董事長的裁示，系主任今天絕不會對張奎龍教授這麼強硬。如此以觀，「聖斷」已決；這場系務會議充其量只是過水的形式而已。

因此，那一干出席的專任教師豈有不看風向打落水狗之理？曾幾何時，他們瞥往張奎龍教授的餘光，已經像是在向死刑犯訣別了。

「主席。」張奎龍教授高聲反擊：「上週二，我出席完在海島渡假飯店的迎新晚會後，因為喝多了點酒，飯店又離我常住的自家平房很近，所以我並沒有去租給柯老師的公寓留宿，而是搭柯老師的便車回自家平房去了。」

所以，是為了讓張奎龍教授搭便車，我車子副駕駛座上的雜物才被移到後座去的。

系主任問道：

「張教授的家人，能為這番話作證嗎？」

「這……」

張奎龍教授在迎新晚會中對我說過，他太太因為分居而搬出他的自家平房……

而兩個兒子又在美國讀書、就業，所以沒有家人能為他作證，只能向我討起援兵：

「這個，柯老師可以作證吧？我上週整個禮拜，都沒踏足進那公寓一步！」

「說到這一點嘛，張教授……」

「怎樣？柯老師？」

「我上週一個人走了一趟環島小旅行，好幾夜沒住在那公寓裡，恕我也為張教授作不了證。」

「什麼？環島小旅行？」

我落井下石，粉碎了張奎龍教授從系主任，不，董事長刀下餘生的最後曙光，讓他的下巴都歪了。

19

吉娃娃從包包中抽出一本紙頁夾，再從紙頁夾中抽出一張從印表機列印下來的紙，雙手奉送到系主任的手上去。

「各位同仁，我這裡有一份在柯老師的開導下，由森永結衣同學署名的聲明。」

系主任取下眼鏡後，朗讀出紙上的字來。

只要即日起將張奎龍教授除名，永遠從北華大學解聘，我就對這一週來身心上的創痛既往不究，日後也絕不會對外聲張。

森永結衣

「各位同仁，森永結衣同學的弦外之音是：如果我們不當機立斷，繼續姑息而和稀泥的話，她不把事情鬧大是不會甘休的。」系主任說：「反過來講，要是我們現在就遵照這張聲明在系務會議中做成決議，此案就不會被送到學校的『性別平等教育委員會』去。這樣，本校與本系的名譽獲致保全，與國外大專院校的交流才得以永續。」

出席的專任教師再蠢都知道，這不是系主任的，而是董事長的旨意。與北華大學的董事長唱反調，就是拿自己的飯碗開玩笑。

無記名投票暨唱票後，張奎龍教授見大勢已去，便面如土色地離席而出。

系主任還沒正式宣讀結果，放在他西裝外套前袋裡的手機就響了。一接聽，他就面色凝重了起來。他請吉娃娃去將會議室的大門向外敞開，再請會議室內的所有人起立後，說道：

「各位同仁，讓我們以最熱烈的掌聲，歡迎來自上智大學的訪查員——江田島司教授！」

一位前導員先奔進會議室，然後那位被我們歡迎的貴賓就在助理們的簇擁下，穿淡色西裝外套、深色襯衫、深色長褲與短靴大駕光臨。

掌聲不絕。

江田島司教授蓄銀白色的波浪捲髮，戴偏光的太陽眼鏡，身高一百七十公分上下，紅光滿面的五官端正而有威嚴；像個老學究，還不若像個有明星光環的藝術家多。

有位助理為他拾起桌上的無線麥克風後，他先以日語說了一段話，再用字正腔圓的國語致意：

「各位好，我是江田島司。」

他致意完，有幾位專任教師的腦袋瓜就擠過來擠過去地低聲細語：

「日本也有人姓『江』呢，臺、日果然是一家親。」

「不是吧。日本人的姓氏都是兩個字、名字也是兩個字，所以，他應該是姓『江田』、名『島司』。」

「可是，『江田島』這三個字唸起來順耳多了，不是嗎？」

自己的姓名糊里糊塗被拆解得支離破碎。江田島司教授臉上堆起笑容，續道：

「這段時間，敝校的森永結衣同學受各位照顧，非常感謝……」

在他低沉而富磁性的聲音薰陶下，我就這樣，從猥褻森永結衣的卑行中全身而退了。

20

聽取了系主任的簡報、參觀完系上的硬體設備、並與森永結衣在討論室面談過半小時後，江田島司教授便結束了他旋風式的訪查行程。

我也混充於列隊的系上專任教師群中，站在電梯口送客。電梯門一開，他向我們揮了揮手，就足踩短靴，帶著他的明星光環與助理大步而去。

「さよなら……」

專任教師群中爆出一句遲來的日語，並引來熱議。

「不是さよなら，應該是さようなら才對啦……」

「不管是さよなら還是さようなら，都有『永別』的意思，用在這裡不恰當啦……」

「是誰說さようなら有『永別』的意思呀？」

我從電梯口的「日語教室」逃課，奔進了討論室裡，急尋森永結衣那深色套裝與套裙的姿影。

「森永結衣同學，那個……」

跑得我上氣不接下氣。

正在討論室裡與收茶水點心的研究生說說笑笑的森永結衣一看到我，就鞠躬道：

「柯老師……」

「怎麼樣?與江田島司教授面談得還好嗎？」

必須坦誠，與森永結衣的赤身玉體處久了後，她這副衣冠楚楚的樣子，我還真見不慣。

「嗯，還好。」

「都談了些什麼？」

我探森永結衣口風時，她側頭想道：

「江田島教授問我的學習現況、我適不適應日本與臺灣大學學制的差距，以及回日本後如何承接課程……」

所以，他是姓「江田島」，單名一個「司」字。

「就這三樣嗎？」

「就這三樣。」森永結衣壓低音量道：「張教授對我做的事，我一個字也沒向江田島教授提。你們既然已經做出解聘他的決議，我就會遵行我的誓言，死守住這個秘密。」

「本当にありがとうございました。」

我的謝意發自內心。

因為以森永結衣這一個禮拜來身心所受到的創傷，能允諾由我提議的這個交換條件，已經難能可貴了。

有這樣雍容大度的女生，才能大事化小、小事化無，解除空襲學校、系上以及我個人的警報。

「而張奎龍教授那邊……」

森永結衣一啟唇，就被我擋了下來：

「森永結衣同學，妳何必再對那種人渣牽腸掛肚呢？」

「如果他從此一蹶不振，窮困潦倒……」

「唉。雖然即將被北華大學解聘，但他下學期可以去別的私立大學應聘專任教職啊。」我說：「就算應聘不成，他也還是能領國立大學的退休金與收我的房租，餓不死他的啦！」

「這樣啊……」

盤踞在森永結衣臉上的困惑不安，就此消散。

「倒是妳自己的身體。捱過了一夜，休養得怎麼樣了？」

「啊，我休養得還可以……」

昨晚去醫院驗傷後，森永結衣並沒有遭外力性侵。這個結果，減低不少我的罪惡感。

這一週來，她該吃的、該喝的、該睡的全都沒被我給虧待到。大小便，我也都有按時在清……

再假以時日，即使是手腕與腳踝上那些被我捆綁時的瘀傷，也會不藥而癒吧。

「那就好。不經一事，不長一智。栽過這次跟頭後，妳再出去和人聚餐，就再喝那麼多酒啦！知道了嗎？」

「我知道了啦，柯老師……」

森永結衣如搗蒜般地點頭。

21

是晚，我又開車赴抵醫院。

無事不登三寶殿。在病房裡與余紹恩下了班的母親攀談過幾句，追蹤她兒子最新的康復進度後，我就辦起正事，將同在病房裡的湯浩宣叫到空蕩蕩的樓梯間去。

「湯浩宣同學，可以開誠佈公了吧？告訴我，前天晚上，你是怎麼進張奎龍教授那間公寓的？又是為了什麼去的？」

「我……是用鑰匙開門進去的。」

「你哪來的鑰匙？進他的公寓，又是為了什麼？」

「柯老師是要聽完整的版本，還是剪接過的版本？」

湯浩宣猛眨著眼問我道。

剪接過的版本？還想隻手遮天愚弄我嗎？

「當然是完整的版本。」

「既然柯老師要聽完整的版本，那我就先從我是一個gay講起吧……」

「什麼？你……」

這也太完整了吧？不過，吉娃娃說他「娘」，果然不是空穴來風。

「是的，我喜歡男生。從我還住在馬來西亞的古晉時，我就喜歡男生了。」湯浩宣說：「雖然也曾向我中意的對象告白過，但到目前為止，我都沒有談過任何一場成功的戀愛。這種鬱悶，柯老師能明白嗎？」

「嗯……」

我可以不要明白嗎？

「來到臺灣唸大學後，校園裡也有幾個男生勾動過我的心弦。可是，沒有一個人像『他』一樣，讓我慾火焚身，愛得不能自拔……」

「……」

喔，救命啊！湯浩宣同學，可以不要再自我陶醉了嗎？我並沒有要聽這些，ＯＫ？

「我說的『他』，就是我們北華大學籃球校隊的一員，土地資源學系三年級的邢念祖學長。」湯浩宣向我遞來他的手機，把吉娃娃給我看過的邢念祖照片又給我看了一遍：「他有一百九十三公分高喔！」

「是喔。」

就算有兩百公分高，我也無感。

獻完寶後，他繼續自我陶醉：

「自從這學期他在我們學校的主場一戰成名，晉身為大專籃球比賽的明星前鋒後，我就好像著了魔似地，白天想的、夜裡夢的都是他。我還跑去土地資源學系旁聽了好幾門課，但是，很少巧遇常翹課的他。」

「他大概都在練球吧。」

「如果去看他出賽，我又衝不過賽後女粉絲為他築成的人牆；在臉書上發送的交友邀請，他也沒有回音，只能轉貼他投籃的英姿照解解饞……」

再不打斷他的話，他不知道還要陶醉多久：

「單戀的失落感誰都懂。可是，就沒有人能幫你一把嗎？」

「這個貴人，就是余紹恩學長……」

「喂！學弟，你是僑生吧？」

「嗯，是呀……」

「我坐你旁邊可以吧？你是從哪裡來的？」

「我？馬……馬來西亞。」

「馬來西亞喔？我知道，那是個渡假的好地方，我們臺灣人很多都會去你們那邊按摩呀、游泳呀……」

「按摩？」

「峇里島啊！」

「學長，峇里島在印尼。」

「印尼喔？印尼不是在馬來西亞？」

「印尼是一個國家；馬來西亞也是一個國家。」

「那就是去普吉島按摩、游泳……」

「普吉島在泰國。」

「那個，蘇美島？」

「也在泰國。」

「長灘島？」

「那是在菲律賓。」

「都不是喔？那你們馬來西亞有什麼？」

「有什麼啊？我們有雙子星大樓，還有光良與品冠……」

「不講這個了。你是大二生吧？怎麼會來修這門大四的『策略管理』課呢？」

「嗯，因為有課衝堂的關係而空出了這個時段，所以……」

「是衝堂喔？不是慕柯宇舫老師的名才來選修的喔？」

「不是。」

「柯老師成績打得很鬆耶！一學期沒去上課都能過。」

「學分很營養嗎？那我這門課是修對了……」

「學弟呀，你喜歡籃球校隊的邢念祖，對吧？」

「呃，這、這個……」

「別吞吞吐吐的了。你在臉書上po的圖文，不就已經不打自招了嗎？」

「喔，不，沒有，那個……」

「又不是古代，BL OK的啦！」

「這、我……」

「他是很帥啦！我要是喜歡男生，可能也會愛上他。不過，你的敵手都很難纏喔！」

「敵手？」

「『恁祖媽』的那些女粉絲啊！一個個花枝招展又妖嬌美麗的。而且『恁祖媽』口味又重，不一次搞個三、四P，他是不會吃飽的。哎呀！我一個直腸子，就把你那位白馬王子的性癖好洩底了，歹勢歹勢……」

「『恁祖媽』？」

「就是邢念祖的本名，不，別名啦。因為他的名字有個『祖』字，因此……」

「連這種別名都知道？余紹恩學長跟他走得很近囉？」

「我們國中就同班了，是換帖的兄弟啦！」

「哇，國中就同班啦……」

「所以呀，想知道他做過什麼糗事，有過什麼見不得人的前科，問我就夠啦！」

「糗事、前科之類的是還好啦……」

「不想破壞你白馬王子的完美形象嗎？那也行。或是要找我『喬』事情……」

「『喬』事情？」

「有關『恁祖媽』的我都能『喬』。比如要他比賽的門票、去他夜店的局、想跟他在中秋節一起烤肉什麼的，我都可以……」

「都可以嗎？那麼……」

「怎麼樣？」

「『情愛』的部分，學長也可以嗎？」

「噓。我只告訴你一個人喔！不要說是『情愛』了，就是『性愛』的部分，我也能為你圓夢。」

「『性愛』……」

「你眼皮跳什麼跳？那麼興奮啊？」

「不，沒有。那個，我只是……」

「你應該很想上他吧？」

「學長，我……」

「還是被他上？」

「那個……那個……你……」

「如果你有這個心，就說出來，沒什麼好隱瞞的。」

「我……我，學長……」

「OK。你雖說不出口，我也能料中個八、九分。」

「學長……」

「沒什麼好害臊的。我是學長；你是學弟，又是對這邊人生地不熟的僑生。我幫你，是天經地義。」

「那就……謝謝學長啦。」

「不過，你得先付一筆訂金給我。」

「我很窮。學長你要多少？」
「我說的訂金不是錢，而是你的誠意；你得先讓我看到你的誠意。」
「什麼樣的誠意呢？」
「誠意嘛，譬如……」

22

余紹恩費了十分鐘的時間，將自己在畢業門檻前的厄境對湯浩宣和盤托出。
「總而言之：我有經濟上的重擔，繳不起延畢的學費；想要不延畢，就得在畢業典禮後的那個暑假將我被當掉的數十個學分統統修完。」
「喔喔……」
「然而，我大四的『創新管理』課只要再有一個學分被Nike當掉，被當掉的學分就得延畢重修，而不能暑修。」
「喔喔……」
「但是，全系上下都公認：除非變性整型成美女，否則修『創新管理』課的男學生是不可能及格的。」
「學長，不是有句俗諺說『見面三分情』嗎？學長要不要去Nike那邊向他輸誠，套套師生情誼……」
「沒路用啦！講到這個我就一肚子火！」余紹恩搥桌道：「為此，我昨天下午翹了打工的班，去他的研究室哀聲下氣……」

「張、張奎龍教授你好……」

「有什麼事？」

「可以佔用Ni……不，張教授的午休時間嗎？」

「即使我說『不』，你也已經佔用了，是吧？」

「想跟張教授懇求一件事……我可以先在這張躺椅上坐下嗎？」

「不行。」

「不行喔？」

「這張躺椅是我在研究室裡小憩用的。你們這些在路上騎摩托車的人衣服上都是灰塵，坐下去會弄髒它的。你就站著吧！」

「喔。想跟張教授懇求一件事……」

「你不是已經懇求過了嗎？懇求我讓你在這張躺椅上坐下嗎？我已經說『不行』了，你可以走了。」

「不不，我要懇求你的不是坐躺椅的事，是別的事。」

「……」

「那個，我是大四的余紹恩，有修你的『策略管理』課……」

「我聽過你的名號。」

「喔？你聽過我？」

「成績一塌糊塗；被當掉的學分滿滿一籮筐。全行銷系學生延畢名單上的第一順位，就是你。」

「張教授，我今天就是為這件事而來的。大四的『策略管理』課，還請你高抬貴手……」

「高抬貴手什麼？你人要來上課啊。」

「是、是，我一堂課都不會翹……」

「期中考與期末考要來考啊。」

「我如果缺考，出去就被車撞死……」

「分組討論與學期報告什麼的，你也要當回事啊。」

「會會會會會……」

「好吧。如果你上課被點名時都有到、期中考與期末考都有來考、分組討論與學期報告也全力以赴的話，我就活當而不死當你。」

「什麼？活當？那還是當啊！」

「比死當強吧？」

「那還是當啊！Ni……不，張教授，如果我的『策略管理』課被你當了，我就要延畢了。」

「你們男生不是很愛延畢嗎？」

「我沒有愛喔！」

「沒有愛，就要用功啊！誰教你不用功？」

「我……」

「平日不燒香，臨時抱佛腳，跑來我這邊求爺爺告奶奶的，甘有效？」

「Ni……不，張教授，我知錯了。」

「知錯，就好好地把大五唸完，補一補前四年被你荒廢掉的學業……」

「張教授，我不能延畢耶。」

「為什麼不能延畢？」

「我家沒錢。」

「沒錢就去打工，或向銀行申辦就學貸款呀。」

「還是沒錢……」

「那我也使不上力，你就另請高明吧。」

「Ni……不，張教授，我給你跪下了……」

「跪下？這地上很髒耶。你還真給我跪下了？雖然你衣服上也都是灰塵……」

「你不當我，我才站起來。」

「你幹麼一直叫我『Ni』什麼的啊？」

「張教授不當我，我才站起來。」

「你站不站起來，我不是很care；但你在我研究室裡像蒼蠅一樣，趕也趕不走，是挺討人厭的……」

「『策略管理』課不要當掉我，可以嗎？」

「如果我說『可以』，就是在騙你。」

「什麼？」

「不當你，我會對不起自己的良知。」

「Ni……不，張教授，你竟說出這種話？」
「你以為只要一跪，就什麼事都迎刃而解了嗎？」
「我……」
「我要鎖門回家囉！你再不出去，就要在這研究室裡挨餓過夜囉！對啦，你還沒說你幹麼一直叫我『Ni』什麼的呢……」
三個字、五個字的髒話全咒罵過一串後，余紹恩就對湯浩宣說：
「所以，像我這樣的人如果不走險招，便死無葬身之地了。」
「學長的險招是？」
「把Nike那傢伙給作掉！」
余紹恩微露的犬齒假牙閃耀的金光，令湯浩宣倒彈了三尺：
「作掉？學長是要殺了他嗎？」
「噓。你太招搖了！」余紹恩把倒彈的湯浩宣揪了回來：「不是殺。殺人是犯法的，我沒有那麼勇；是要把他攆走。」
「從系上攆走？」
「不攆走他，他又病不死，霸佔著『創新管理』課不去……」余紹恩說：「學弟，我說的誠意，就是看你要不要跟我同心協力，讓Nike捲舖蓋走路啦。」
「為學長效勞嗎？」
「不要說『效勞』，要說『同心協力』。」

「那我們要怎麼同心協力呢？」

「他那麼色，就給他來個仙人跳，搞死他！」

「仙人跳喔？」湯浩宣將眼鏡扶上扶下：「那麼，女主角要挑誰好呢？」

余紹恩笑裡藏刀：

「學弟，你說，你們班的日本交換生森永結衣怎麼樣？」

「森永結衣？」湯浩宣一愣，又倒彈了五尺：「學長的口袋名單裡，怎麼會有她呀？」

「因為，日本女人都是AV女優呀……」

「啊？」

「不對，我講顛倒了：應該是AV女優都是日本女人才對。所以仙人跳的女主角，就非日本女人的森永結衣不可了。」

「邏輯好像哪裡怪怪的……她會那麼乖巧，任我們要她下海就下海嗎？」

「所以，要瞞著她啊。」

「弄她就對了？」

「而且，她學期末就會回日本。即使被我們弄了，對她的殺傷力也不大。」

「創痛就會因此平復得較快嗎？學長的邏輯怎麼還是怪怪的……」

余紹恩一手扣住湯浩宣的肩頭：

「學弟，你不會是想把我們的計畫洩密給她吧？」

「不、不，我怎麼可能會做那種事？」

「勸你不要輕舉妄動。要是森永結衣這隻煮熟的鴨子飛了，下一個飛的，就是『恁祖媽』啦。」

「我、我不會的……」

「好吧。我曾向森永結衣告白，而被她打臉。這也是在仙人跳的計畫中，我對她情有獨鍾的原因。」

「公報私仇就是了？」

「怎麼？不ＯＫ嗎？」

「ＯＫ、ＯＫ……」

23

「而計畫的實施時間，學弟你怎麼說？」

余紹恩問。苦想再苦想後，湯浩宣有了腹案：

「兩個禮拜後，管理學院會在海島渡假飯店舉行全院的交換生迎新晚會……」

「九月開學，十二月才迎新？怎麼那麼晚？」

「助教說，好像是因為教師評鑑制度剛上路的關係，學校上下忙得人仰馬翻，所以才將迎新晚會延後。」

「嗯，說下去。」

「出席名單中有Nike，也有森永結衣，還有我……」

「為什麼也有你？你又不是交換生。」

「好像是要我們僑生『認養』交換生，好在晚會中照應他們……」

「所以學校把交換生當流浪狗了嗎？哈哈！」

「既然我們三個人都會去，因此……」

「迎新晚會嗎？嗯，這個好、這個好……」

第二日上午，湯浩宣去系辦公室工讀時，從電腦硬碟中的「專任教師通訊錄」資料夾裡竊取了張奎龍教授的住址。

龜毛的張奎龍教授給系上的住址不是他常住的自家平房，而是他租給我的那間公寓。

湯浩宣還偷翻助教的筆記簿。筆記簿內有一行價值連城的註記：

張奎龍教授——婚姻觸礁，獨居中。

余紹恩與湯浩宣循線來到公寓的屋門前，然後打電話給鎖匠。

「我們把鑰匙忘在屋裡了，可以來救我們嗎？」

而電話那一頭的鎖匠比張奎龍教授還龜毛，非要看到余紹恩與湯浩宣的住戶證明，才肯來開鎖。

「你們不要怪我。」鎖匠說：「因為我被竊賊騙過，也被警察訓過……」

只好坐等至兩節「策略管理」課間的下課時分。當張奎龍教授一去廁所，他放在公事包裡的一大串鑰匙就被余紹恩順手牽羊。

然後由余紹恩翹課去鎖匠那邊拷貝鑰匙，再回到教室。

第二節下課時，余紹恩與湯浩宣到講臺上聲東擊西：湯浩宣先以商討學期報告為由引開張奎龍教授，余紹恩再把原版鑰匙悄然塞回到張奎龍教授的公事包裡。

上週二，在我的「策略管理」課中，余紹恩與坐在他後面的湯浩宣交頭接耳，就是在口頭演練著迎新晚會的策略。

「既然要搞死Nike，那麼仙人跳的照片就要愈麻辣愈好……」

「愈麻辣愈好……」

「就讓森永結衣的三點，不，四點都給人看光光吧。」

「要那麼麻辣嗎？」

「學弟，你會開車對不對？」

「嗯……對。」

「你也有車對不對？」

「有、有啦。不過，那車是我阿姨借我用的……」

「是你阿嬤借的也一樣。」余紹恩的眼白充血：「那麼，你來揮第一棒；我來揮第二棒。」

「第一棒是要怎麼樣的揮法呢？」

「在迎新晚會中灌醉森永結衣，開車將她送到Nike家，再帶著她全身的衣物遠走高飛。」

「第二棒呢？」

「去Nike家站崗，並用相機獵取他回來時，與森永結衣裸裎相擁的剎那……」

「那個……我可以跟學長互換棒次嗎？」

「幹麼？」

「因為，學長的棒次那麼好揮，只要做好一個攝影師的本份就可以了……」

「我還要站崗咧！」

「站崗又算不了什麼。我卻要一個晚上身兼勸酒人、送貨員與偷衣賊三職……」

「學弟，不是交換生又不是僑生的我不在出席名單上，要怎麼混進迎新晚會去？混不進去，我要怎麼灌醉森永結衣呢？」

「這個……」

「她醉死後，站也站不住、坐也坐不住地。你若不開車，我是要怎麼騎摩托車送她到Nike家咧？」

「嗯……」

「至於脫她衣服這最後一項難題，更是不能由我來。」

「為什麼？」

「我跟你打賭：如果由我一個人在Nike的空屋裡脫她的衣服，最後拍到的，必會是我跟她在嘿咻的照片！」

「學長……是會凍未條嗎？」

「誰要她長那麼正！脫著脫著，我就會想要上她了。」余紹恩說得五味雜陳：「學弟你喜歡男生，所以讓你來脫，才不會凸槌。」

「好像，也只能這樣啦……」

24

森永結衣出乎預期地海量。

在迎新晚會中，她被湯浩宣連灌了七、八瓶金門高粱後，才開始搖搖欲墜，講話也顛三倒四起來。十點十分，她終於臥倒在廁所的門口。

Nike還在教師桌裡酒酣耳熱著呢。湯浩宣背起森永結衣，走樓梯下到停車場，把她塞進車的後座，接著將車開往張奎龍租給我的公寓，我的住處。

沒有車位。湯浩宣把車暫停在黃線上，再背森永結衣上樓，用拷貝來的鑰匙打開屋門。

呀，她的包包還在車上呢……

屋內有三個房間，只有我住的那個套房沒有上鎖。於是湯浩宣打開房門，把她丟在我的床上。

就這麼孤男寡女共處一室。儘管氣喘吁吁，還是得為她一件一件地褪盡衣衫，再脫去她的褲、鞋……

還不能堆在她伸手可及的地方，否則她醒了後又會自行穿上。

她的肉體在窗外月色的掩映下風情萬種，但引不起湯浩宣的慾念。湯浩宣想：如果自己不是同性戀，很可能也會像余紹恩講的那樣，情不自禁朝她的肉體飛撲上去。

當然，要是躺在這床上的是胸肌健美厚實的邢念祖，那就不可同日而語了……

什麼時候，才能在床上為這位明星前鋒褪盡衣衫呢？

湯浩宣不無缺憾地拎著森永結衣的衣、褲與鞋，關上房門與屋門，下樓開車。

開到三岔路口的便利商店時，余紹恩不畏寒流肆虐，正身罩一件薄襯衫坐在店門外的摩托車上抽煙、滑手機。

湯浩宣下車，將拷貝來的鑰匙遞交給余紹恩。

「學弟，怎麼樣？」

「都照著計畫在走呢：森永結衣已經光著身子，躺在Nike的床上了。」

「很好！第一棒已經上到得點圈了，該我這個第二棒進場，揮出打點建功啦！」余紹恩將鑰匙揣進口袋，充滿幹勁地發動摩托車引擎：「就讓那個死Nike一發斃命吧！」

「學長，森永結衣的衣物還在我的後車箱裡呢。你要不要……」

腦充血的余紹恩將龍頭一扭後聽而不聞，只以摩托車排氣管噴出的高溫廢氣與巨響作答。

午夜過後，余紹恩的噩耗已傳遍臉書的系群組。

「啊！學長出車禍了？」

回到宿舍的湯浩宣掐指一算時間，余紹恩應該是還沒有把摩托車騎到Nike家，就由於交通號誌變燈時搶快，為閃避橫向的來車，而與對向車道的砂石車撞上了。

在上傳到系群組的實況照片中，被卡在高底盤砂石車下的摩托車支離破碎，大、小零件四散，瞬時撞成了一堆廢鐵。可以想見，騎在上面的車主應該也好不了多少。

就這麼出師未捷身先……

還沒站上打擊區，余紹恩就被送進醫院裡生死未卜。湯浩宣在床上翻來翻去地，一夜惴惴不安。

會死嗎？

學長會死嗎？不能，他不能死……

要是他死了，還有誰能為我牽線，將愛情紅線的一端纏在我的指頭上、另一端纏在邢念祖的指頭上呢？

學長一死，這條紅線就會被截斷。所以，他不能死！

除了為余紹恩集氣保命外，湯浩宣天天往醫院裡跑，還有一項未竟之志。那就是如何為Nike的仙人跳收尾。余紹恩出車禍隔天，森永結衣從早到晚都沒有來學校上課，也一直沒有理睬班代吉靜如在臉書班群組上的呼叫。

「溝通與商業談判」、「客戶關係管理」、「消費者行為」、「供應鏈管理」……在這四門課的八小時裡，森永結衣理應都在Nike家裡。不，從昨晚近十一點起，她就已經躺在那老傢伙的床上了。

始作俑者就是我湯浩宣……

為Nike將那位「小佐佐木希」無料宅配到府，卻弄假成真，無端便宜了他那副老朽之軀。作了十個小時以上的禁臠後，森永結衣應該已經被玩到「殘」了吧？

所以，Nike非但沒有陰溝裡翻船，反而因此爽翻了天，扔下我與邢念組漸行漸遠。這、這也太……

湯浩宣就這樣忿忿不平了一個禮拜，才得以「撥亂反正」。

前天下午醫生查完房後，病床上的余紹恩就用氣虛的聲音呼喊著床邊的湯浩宣：

「學、學弟……」
「咦？學長？」
「學弟，你怎麼還在這裡呀？」
「哈哈、哈哈、哈哈……」
「昨天我問你星期幾了，你幹麼也不回我？」
「你昨天講話時，就像含了一顆滷蛋在嘴裡，我哪知道你在說什麼？」
「學弟，你、你在哭什麼啊？」
「沒有啦，我是喜極而泣……」
「幹。我只是皮肉傷而已，你不要那麼感性好不好？」
「我的淚水是在為我的紅線又接起來了而流，不是在為學長而流啦。」
「什麼紅線？你把車子停在紅線上了？」
「不是啦。學長，今天是星期一。」
「星期一？那我出車禍是？」
「上星期二晚上。」
「甘有影？我躺了一星期呀？那麼，那個叫什麼來著？森……森……」
「森永結衣。」
「對，森永結衣。她怎麼了呢？」
「她神隱了。這一個星期來，都沒有人看到她。」
余紹恩歪了歪鼻頭：

「神隱個屁！她不在Nike家，還會在哪裡？」
「我也是這樣想。只是……」
「只是什麼？」
「Nike家的拷貝鑰匙在學長這邊，我無法去開門求證。」
「森永結衣不是被你灌醉後，再開車送去Nike家的嗎？什麼好求證的？」余紹恩又歪了歪鼻頭：
「學弟，我臉上癢，你幫我抓抓。」
「是……」
「不是右臉，是左臉。」
「喔。」
「下面一點、下面一點，再下面一點……」
「這裡嗎？」
「嗯。幹，雙手都骨折，包得跟木乃伊一樣，連臉上癢都抓不了，我快成廢人了。咦？學弟……」
「怎樣？」
「你說森永結衣神隱了一個星期……」
「對的。」
「這該不會就是說，她被Nike也狂插了一個星期吧？」
「狂插？這個……」
余紹恩的金魚眼冒出火來：
「幹！幹！幹！幹！要不是手骨折，我就要搥爛這間病房了！我玩不到的，居然是Nike在玩！幹！」

「學長消消氣。我這一個星期來就是想問你，要如何對Nike迎頭痛擊呢？」
「你翻一下門口牆邊的櫃子，看看我的紅色包包有沒有在裡面？他家的拷貝鑰匙，就放在我包包的內袋中。」
「學長，翻、翻到了……」
「學弟，你晚上就去他家，拍下他跟森永結衣的性愛影片，然後就給他上傳到臉書的系群組，讓他只能狂插森永結衣到今天為止！」
余紹恩恨意難消，讓湯浩宣一個頭兩個大：
「學長，所以第一棒是我，第二棒又是我啊？」
「阿我傷成這樣、包成這樣是要怎麼去揮棒？我也很想自己去拍啊！」
「學長息怒，我去就是了。」
「也沒別人可去啦。」
「那學長，邢念祖那邊……」
「什麼祖？」
「邢念祖……」
「什麼邢念祖？」
「學長，你摔到失憶了嗎？連『恁祖媽』的名字都……」
「你說『恁祖媽』呀！恁祖媽就恁祖媽，說什麼邢念祖嘛！你還在想他嗎？」
「這個……呃……」
「想就說想吧，你這慾求不滿的傢伙！等Nike被我們攆走以後，他是怎麼玩森永結衣的，我就讓恁祖媽怎麼玩你，或是讓你怎麼玩恁祖媽，這總可以了吧？」

「學長，你也講太白了吧？我會害羞耶……」

「有什麼好害羞的？愛，就要放聲說出來，讓每一個人都聽到瘋！」

「學長，你太亢奮了，這樣血壓會飆高，睡一下吧。」

「你怎麼比我媽還囉嗦啊？要我睡，我就睡吧……」

將余紹恩躺的病床用綠色布廉子圍起來後，湯浩宣便坐回病房內靠牆的那張折疊床椅上。十分鐘後，頭一回來醫院探視余紹恩的我，就挨近了病房門口。

「……柯老師？」

湯浩宣在折疊床椅上喊道。

當與余紹恩在他的畢業學分問題上猛打轉時，病房裡的我徹頭徹尾都預知不到，湯浩宣接下去的誤打誤撞，竟能為我囚禁森永結衣的困境解套。

七點半，余紹恩的母親下班來病房換手後，湯浩宣便帶著從余紹恩的紅色包包裡取來的拷貝鑰匙，到醫院地下一樓的美食街吃了碗酸辣麵裹腹。

再開車過去。在公寓樓下仰望三樓那排漆黑的窗戶後，他便攜著一週前從森永結衣身上脫掉的衣物，用拷貝鑰匙潛進我的住處，棲身在後陽臺裡。

彼時，我已經先回去將森永結衣移到張奎龍教授的套房內了。

將森永結衣的衣物藏進洗衣機內後，湯浩宣就在黑黝黝的後陽臺裡玩手遊解悶。破關破到九點時，屋門被人推開的聲響，振動了他的耳膜。

回來啦、回來啦！

儲存後，他關掉遊戲，在靜謐中側耳諦聽到開房門的聲音，以及張奎龍教授的悶哼聲。

湯浩宣開啟手機的攝影功能，將鏡頭朝前，踮起腳尖步出後陽臺。

再一步接一步，從廚房向屋內最大的那間套房進逼。

咦？上個禮拜二晚上，我是把森永結衣丟進這個房間裡的嗎？好像不是喔……

張奎龍教授的悶哼聲，愈來愈近。

唉，我這個智障。

這整間屋子都是Nike的，他幹麼要固守在一地？愛跟森永結衣換在哪個房間做，就在哪個房間做啊！誰管得著？

手機的螢幕愈來愈亮，因為偏黃色的燈光從螢幕中半開的門裡洩出；而張奎龍教授跪在床前的側影，就在燈光下震動著。

脫了西裝褲、左手又放在跨下的他在幹什麼，是男人便知。

床上躺著被綁成「大」字形的裸女，臉上又是口罩又是毛巾地，下體還包著尿布。不直接上森永結衣，卻要把她弄成這樣自瀆，只能說Nike那方面的嗜好，獨樹一格。都一個禮拜了，或許上也上膩啦，就想玩點新花招吧。一把年紀，也迷戀SM這味兒……老不休。

還是說，他的那位「小Nike」已經欲振乏力，只好自己這麼來了？「小Nike」？好逗趣的稱呼啊。

湯浩宣一失笑，手機就敲到了門框。

「誰呀？」

張奎龍教授作賊心虛地面向螢幕，而湯浩宣也作賊心虛地往門後一撤。房內房外的這兩個人一個是採花賊、一個是側錄賊，都是賊。

張奎龍教授穿上西裝褲，怒氣沖沖地衝出房門，與湯浩宣兩個人互相叫囂。就在這時候，我在吉娃前打開了屋門。

「搞什麼？搞什麼？你這同學是從哪裡冒出來的？」

「張老師，不，Nike，你做出這種事，不羞愧嗎？」

「什麼Nike？什麼羞愧不羞愧的？你這同學私闖民宅，我才要報警來抓你呢！」

……

25

「就在我和Nike快要大打出手之際，柯老師就上來為我們排解了。」落落長而講到人快「沒電」的湯浩宣，一屁股坐在醫院樓梯間的樓梯上：「我以為柯老師和Nike是一掛的，所以被叫來助陣呢。還好，只是位回家的房客而已……」

「應該說，還好我上禮拜去環島了，幸運逃過一劫。」我也在樓梯上席地而坐：「否則，你不是要害我淪為張奎龍教授的共犯嗎？」

「吉人自有天相啦。不過柯老師，以上這個完整的版本，可以……為我保密嗎？Please……」湯浩宣急切地求我。

世人咸認綁架和囚禁森永結衣的是張奎龍教授。如果我拆穿余紹恩與湯浩宣，讓森永結衣知道他們才是幕後的加害者……

可預想的結果是，被解聘的張奎龍教授復職，而余紹恩與湯浩宣則大好前程蒙羞，得一肩挑起清償不完的道德、行政與法律責任。用兩個涉世未深的大學生換回一個惹人嫌的老傢伙，我怎麼沙盤推演，都不是樁合算的買賣。

而且，他們兩個間接成全了我與吉娃娃的好事，還讓我從森永結衣的裸體那邊嚐到甜頭呢。該棄誰保誰，不言而喻。

我能夠全身而退，這才是最高的生存指導原則！

「湯浩宣同學，我以我柯宇舫之名對天立誓，會把你這個完整版本帶進墳墓裡，對誰都不會說的！」

「這麼好？」

「此外，我還要祝福你和那位土地資源學系的邢念祖同學有情人終成眷屬，兩個人快快樂樂地牽手一輩子。」

「謝謝柯老師。」湯浩宣用手背拭淚：「但是，一輩子太長了啦，我沒想那麼多。只要能跟他在一起，有相愛過就可以了……」

有過就可以了……

這不僅是湯浩宣這種青年世代的人生觀，也是一個月後的系教評會中，我對我專任教師應徵案的衷心夙願。

至公告的期限止，學校的人事室那邊收到了五十一封應徵文件。在這五十一位應徵者中，只有一位幸運兒能雀屏中選，機率為一除以五十一，百分之一點九六零七……

百分之一點九六零七？這不是和「零」相去無幾嗎？嗚……

「這機率不是這樣算的，柯老師。」系教評會的前一天下午，李勇良學長在他的研究室裡對我曉諭道：「雖然不能說每一個，但居壓倒性多數的學系在其專任教師的聘任過程中，都免不去有內定的口袋人選。」

「內定？這樣不是有失公允嗎？」

「柯老師。每一位應聘進來的專任教師，年齡區間都在幾歲到幾歲，可以答得出來嗎？」

「這……輕則三十多歲，多則四十多歲吧。」

「因此到他們退休，還有個二、三十年。如果在聘任的過程中有眼無珠，讓不適格的牛鬼蛇神從系、院到校的三級教評會中過關斬將、手握聘書的話，不就很讓人吐血嗎？」

「學長對『不適格』的詮釋是？」

「眼高於頂啦、盛氣凌人啦、團體觀念淡薄啦、叫不動啦、自私自利啦、欺善怕惡啦、爭功諉過啦，一狗票……」

咦？

北華大學行銷管理與流通學系的專任教師，不各個都是這些貨色嗎？

「雖然也有解聘或不續聘等條款擺在那邊，但會動用到的機會微不足道。因此，如果讓這些貨色應聘到系上來，請神容易送神難。除非有人異動，否則豈不是要忍他們忍個二、三十年才能解脫？每當這種意念一掠過心頭，就教人不寒而慄。」

「是喔？」

爛漫的我，從沒想到過這一層。

李勇良學長繼續苦口婆心：

「所以我們在挑人前，能不如臨深淵、步步為營嗎？這種時候，如果有曾與我們和諧共事過的應徵者，他們被青睞的立足點就比非親非故的人高得多。就像，在系上兼了七年課的柯老師……」

「這個，不敢當……」

「……以及兼了兩年課的王琦蓁老師。」

被補上這刀，讓我如同洩了氣的皮球：

「所以，我雀屏中選的機率不是百分之一點九六零七，而是與王琦蓁老師平分的百分之五十嗎？縱使這樣，對手那麼強，我也歡樂不起來啊。」

「別妄自菲薄！」李勇良學長為我打氣道：「柯老師在張奎龍教授違反性別平等的事件中，開導受害者森永結衣同學大事化小、小事化無，為本系、為本校都立下了大功啊。」

「這一點，會是我在明天系教評會上的一大利多嗎？」

「Absolutely！我們系上現在最缺的，就是像柯老師這種任勞任怨的生力軍。我李勇良堅信，本系系教評委員的眼睛是雪亮的！」
是雪亮的嗎？
當晚躺在床上，我反芻著這句話，直迄窗外的天色矇矇亮。

系教評會議於中午十二點正舉行。
我買了雞腿便當，到李勇良學長的研究室邊吃邊等判決，不，開票結果。由於焦躁到胃抽筋的關係，還剩半根雞腿與好幾口的白飯時，我就吃不下了。
坐也不是、站也不是、走來走去也不是。
室外灰濛濛的天色下，像螞蟻一樣小的學生在運動場上星羅棋布。如果他們的世界是天堂，那此時我身處的研究室，就像個地獄一般。

登登——
是吉娃娃傳來的訊息。她只打了一行字：
柯老師，加油！
一行字就夠了，讓我頓生自信與勇氣。
應該是吉娃娃的體貼為我帶來了好運。
我原以為要煎熬更久的。結果一個小時後，李勇良學長就開門進來了。
「哇，柯老師，怎麼臉白得跟鬼一樣？氣色不養好一點，到時候出席系務會議能看嗎？」
系務會議？

「還要我出席？學長，是張奎龍教授的事還有續集嗎？」

「不，那件事已經塵埃落定了。」李勇良學長坐在他的辦公椅上，對我笑開懷道：「我說的是，你以專任教師的身分，出席本系的系務會議……」

「什麼？所以……」

「柯老師以五票對四票擠下王琦蓁老師，在剛剛的系教評會中勝出啦。雖然還有院教評會與校教評會兩關，但這兩關慣例上都會尊重系教評會的決議，不太會出什麼意外。因此柯老師，安啦！」

「所以……」

「這個缺是從下學期的二月一日起聘。再過兩個月，柯老師就是本系的一份子啦！」

「所以……」

「還所以什麼？」

「所以，被系上送去院教評會與校教評會的專任教師應聘人選，就是我柯宇舫嗎？」

「哎唷，我講了那麼多，是都沒在聽喔？」

「所以，就是我？」

「對啦！」

這時候，因為焦躁而從我的瞳孔前溜過去的事物，才一一立體了起來。

譬如，李勇良學長額前又比上回後撤幾公分的髮線、他身上照例穿著的過時款polo衫，以及這研究室內的陳設……

辦公桌、書櫃、電腦、印表機、掃瞄器……

我出運了。從此，不再身處地獄啦。

然而，可能是被壓太久導致彈性疲乏的緣故，聽到這個喜訊時，我卻沒有表露出什麼反彈的強度來。

倒是李勇良學長還比我激奮，彷彿他才是當事人：

「不過，議程也不是那麼平順。我們投了三輪票，才投出結果。」

「三輪啊？」

「因為，柯老師與王琦蓁老師兩個人的票數一直僵持不下嘛。最後要不是系主任投下了關鍵票，可能還會拖到第四輪呢。」

「系主任呀？」

他會站在我這邊？太陽今天是打西方出來了吧？

李勇良學長從辦公椅上站起來，鎖上研究室的門，再放下百葉窗簾，然後坐回辦公椅。

「柯老師，有一個謠傳，我們在這間研究室裡關起門來講。聽了就聽了，可別走漏出去……」

「我柯某人會只進不出的。」

「系主任疼愛王琦蓁老師，人盡皆知：給她排好的課、好的班級、好的時段……什麼有的沒的。像績優導師這種名利雙收的肥缺，又有積分可加又有獎金可拿的，也力排眾議推舉了她好幾次……」

「有些系上專任教師還為此耿耿於懷呢。這也是我聽來的……」

比起來，我對系主任就像是可有可無的雞肋一樣，食之無味、棄之可惜。

「所以，今天的教評會中系主任會倒戈投給柯老師，不是很詭譎嗎？」

「也許是……系主任與王琦蓁老師鬧翻了？」

「是因為『那方面』的事。」

「『那方面』？哪方面啊？」

「就是『那個』。」

「『那個』？」

「系主任想跟王琦蓁老師『那個』，卻被王琦蓁老師四兩撥千金，碰了一鼻子灰。」

「所以『那個』就是指……」

「對的。」

「此事有影無影？」

「有影。王琦蓁老師在她的臉書上po了一段牢騷文。雖然沒有言名道姓，字裡行間也寫得很隱晦，但明眼人都臆測得出來，是有在人逼她以肉體換取正職工作。」

聽了這些話後，佔滿在我腦子裡的都是系主任在上個月加開的系務會議中，對張奎龍教授那副正義凜然而不假辭色的樣子。

連他，都會對較自己年幼位輕的貌美女性這樣需索……

有些潛規則，竟是放諸四海皆準的。

「因此是系主任在對王琦蓁老師秋後算帳，才有了系教評會那樣的投票結果了？我是該感激多投我一票的系主任，還是潔身自愛的王琦蓁老師呢？」

「該感激的，是這幾個月來不遺餘力幫柯老師拉票的李勇良我吧？」

「是是是，學長，這我不會忘本的。」

「系主任這樣是玩火自焚，我真替他捏把冷汗！」李勇良學長話說得擲地有聲：「他不知道，當前學校對脫序的情慾事件嚴防得很嗎？今年初，是那個資管系還是什麼系，就有一個老師好像惹上了桃色糾紛，就跳槽去別的學校了。」

「桃色糾紛喔？」

「我聽學生說，那個老師把壞掉的電腦送修時，在電腦店打工的剛好是本校校友。那位校友一時好奇，從電腦裡被『資源回收筒』刪掉的檔案中，救回好幾段由那個老師擔綱演出的性愛，不，性虐待的影片，再把影片外流到會員制的地下網站上……」

嗯，這已經不只是桃色糾紛了吧？

以往神聖的大學殿堂，這會兒已經是無奇不有的大雜院了。而我才從剛剛的系務會議中，獲取躋身這個大雜院的通行證……

「是哪一個老師啊？」

「他長得跟柯老師有像喔。好像是姓紀，叫紀國什麼的……」

「是紀國淵嗎？」

26

在去年管理學院的交換生迎新晚會上，坐我鄰座的資管系紀國淵副教授，還被人戲稱是我失散多年的哥哥呢。

一個月前，我曾在環島旅行的花東段中，為小宮亞實的事寫了封信給我這位異父異母的「哥哥」；系教評會前兩個禮拜，又追加了一封去。到系教評會結束後的第二天，他才捎來回信。

柯老師好：

昨天才看到來信。

小宮亞實同學沒有依約來臺灣延續學業，是因為她過世了，

紀國淵

過世了啊？

不過，牽動我情緒的並非小宮亞實的過世，而是去掉頭、尾的稱謂後，「哥哥」，不，紀國淵副教授整封信只寫了兩行字。

我寫給他的信那麼講求禮數，行文也中規中矩地。他的回信，卻寥寥一筆帶過……

「這就好像是我拿熱臉去貼他的冷屁股一樣；還拖了一個月才回。是他的信箱會擋信嗎？」週五，在「老少配」簡餐店的晚餐中，我對吉娃娃這樣埋怨道。

她將紀國淵副教授的回信讀了又讀，才把手機還給我。

「柯老師，會擋信的信箱，已經快被淘汰光了。」她說：「『昨天才看到來信』只是托詞。他會這麼怠慢，我看呀，應該是他本意就不太想回信給柯老師。」

「為什麼？我跟他又沒仇。」

「可能是他已經跳槽到新學校，又是國立大學，飛黃騰達，就沒心與舊同事為伍啦。」

「唉，習以為常。我被人鄙視，也不是一天、兩天的事了。」

我啃起餐盤裡的雞腿時，肉香四溢。

「又或許是，柯老師問到什麼不該問的啦？」

「小宮亞實同學嗎？還好吧？她只是來這邊交換一個學期的日本女生啊。能有什麼不該問的？」

「柯老師，不要再鑽牛角尖了。森永結衣同學既然已平安歸來，還去深究那位小宮亞實同學食不食言幹麼？紀國淵副教授回信不回信、信回得熱不熱絡，就任他去吧！」

「還是妳豁達。」

「才不呢；我也是個會東想西想的人。像是我們環島旅行時的那件怪事，就讓我很介懷……」

「什麼怪事？」

吉娃娃的眼睛直盯她的餐盤。

「嗯，不說了。今晚的名目是慶祝柯老師高就，對吧？」她高高舉起啤酒杯，說：「柯老師，乾杯！」

「乾杯！」

我也舉杯以回。

這一餐是因為我的專任教師應徵案在系教評會上拔得頭籌，而由吉娃娃作東請客的。

「我是窮酸的學生，只請得起這種簡餐店，柯老師可別氣到走人啊。」

「我才不會那麼沒風度咧。妳請我吃飯，已經是我三生有幸了。」

「『三生有幸』？」吉娃娃啼笑皆非：「只是吃頓飯而已，柯老師有那麼『幸』嗎？」

「當然有。因為是跟吉娃娃妳……」

我緘默不言。簡餐店內的空氣，也為之凝結。

吉娃娃的眼睛又直盯回她的餐盤。我再啃了一口雞腿後，剛剛的肉香急轉直下，就好像在是咬塑膠一樣。

「那個，柯老師……」

「啊？」

「那天晚上，我們在花蓮『尤蘭達』旅館的事……」

終、終於要了結了？

「那件事……」

「柯老師有後悔嗎？」

「後悔？」

被吉娃娃直盯著的從她的餐盤，變作了我的臉。

「因為我們是老師與學生，而柯老師又是一位……」

「不後悔！」

「即使柯老師是一位……」

「不後悔！不後悔！不後悔！」

我連放三炮。如果要再放第四炮，我也奉陪。

「是嗎？那這樣，我知道了。」

她又盯回她的餐盤，開始啃她的雞腿。所以，她的意向是？

我沒還問，她就心有靈犀地答道：

「既然柯老師不後悔，那麼我也絕不後悔。」

「絕不後悔？」

這是……

「爾後我人生的喜怒哀樂，就請柯老師陪我了。」

因此她……

我喜不自勝：

「吉娃娃，妳就別再喊我『柯老師』、『柯老師』啦。」

「那要喊什麼？『宇舫』？Baby？」

「喊我的英文名字好啦。我的英文名字是……」

27

就因為李勇良學長的一句「當前學校對脫序的情慾事件嚴防得很」，所以在新的年度裡，我和吉娃娃只能談起「地下情」來。

在學校的時候，我們是以禮相待的師生；出了校門，我們蛻變為你儂我儂的愛侶。

既然是愛侶，當然少不得火辣辣的性愛。

被系務會議決議解聘後，張奎龍教授已不再來公寓這邊留宿了，我那小小的套房因此昇華為一遂肉慾的樂園。上motel的成本被撙節至零；而且除了她住家裡所以不能來過夜外，我想要她待多久，她就可以待多久。

然而，每當我沉醉在魚水之歡時，她似乎並沒有那麼盡興。好像有心事如鯁在喉，在她與她的性高潮間築起一道藩籬……

我問她那是什麼，她只笑而不語。

張奎龍教授連課都不來上了。他大四的「創新管理」課，由李勇良學長上場中繼。

「這樣，余紹恩明年六月就能如期畢業了。」李勇良學長對我說：「因為，這兩個學期我都會閉著眼睛，給余紹恩六十分的學期成績……」

翌年一月底，院教評會與校教評會無異議通過了我的專任教師應聘案。這個讓我事業與愛情兩得志的學期，就這樣畫下了圓滿的句點。

當月的最後一個星期六下午，我在套房裡將「行銷個案研討」與「策略管理」兩門課的學生學期成績在學校的網路系統上登錄完畢並繳送後，就結清了我萬用手冊中的待辦事項，可以歡度一個多月的寒假啦！

以做愛作為歡度寒假的序曲是再合適不過了。我刻不容緩，急電call來我的最佳床伴。共浴後，我們便上床辦事。

吉娃娃還是像去了半條魂似地不是很進入狀況；用舌尖挑逗她裸露的雙峰時，也未見她該有的生理反應，我只好一人孤軍奮戰。

就在我掰開她的雙腿後，她忽地冒了一句：

「我睡著時的鼾聲……是不是很大？」

我一面將手探向她的胯下，一面呢喃道：

「什麼？」

「我的鼾聲……是不是很大？」

色急攻心的我未作他想：
「我怎麼知道啊？妳說大就大吧……」
「沒有……親耳聽過嗎？」
我將她的雙腿架在我的肩上，舌尖向她胯下的「秘境」進擊：
「妳又不能來過夜，我怎麼會親耳聽過呢？」
「去年四天三夜的環島旅行時，我們不是……同房共過了兩夜嗎？」
我警惕地停下舌尖：
「嗯，對、對呀……」
「在那兩夜裡，我的鼾聲……是不是很大？」
「嗯，是有點大……」
「是嗎？有親耳聽到嗎？還是……那兩夜裡，柯老師其實都不在房間？」
不在房間？
「吉娃娃，不是要妳喊我的英文名字嗎？怎麼又叫我『柯老師』了呢？」
「告訴我：那兩夜，我是不是……一個人睡在房間裡的？」
「那是我們的環島旅行耶。那兩夜我不跟妳睡同一個房間裡，還能去哪裡？」
「……回這裡啊。」
我的腸子絞痛了起來。
吉娃娃挪了挪她的裸臀，又說：
「不，即使是在我們沒同房的第一夜，柯老師也……回了這裡吧？在南投、屏東與花蓮的三晚，柯老師都蠟燭兩頭燒，徹夜往返臺北……」

放下她的雙腿後，我道：

「妳怎麼會說出這麼荒唐的話呢？」

「那麼，為什麼第二、三、四天的早上，當我們……開車啟程時，車子的哩程數，都比前晚熄火停車時……多出了幾百公里呢？」

「不、不要血口噴人……」

「柯老師，那三次不對頭的哩程表可都被我即時用手機拍了下來，並上傳到……我的信箱備份囉。還要抵賴嗎？」

「我……」

「經我推算，第二、三、四天早上多出來的哩程數，就是……南投－臺北－南投、屏東－臺北－屏東、花蓮－臺北－花蓮的路距。每晚，柯老師都不辭辛勞回來一趟，是……為了什麼呢？」

我也是個……會東想西想的人。像是我們環島旅行時的那件怪事，就讓我很介懷……

每當我沉醉在魚水之歡時，她似乎並沒有那麼盡興。好像有心事如鯁在喉……以及她今天像去了半條魂似地不是很進入狀況。這一切，都指往了她對我環島旅行時每晚夜行的猜疑。

我嘴張得很大，卻發不出聲來。

「我們的環島旅行……與森永結衣同學的失蹤時間重疊。因此，柯老師這樣做，是不是跟她有所牽連？」

「不，不要再說了……」

「綁架與囚禁……森永結衣同學，令她失蹤一個星期的，會不會不是張奎龍教授，而是有時與他住在同一個屋簷下的柯老師呢？」

「吉娃娃……」

「張奎龍教授在套房門口被湯浩宣同學拍到的那一幕，會不會是被柯老師栽贓的呢？」

「不、不是的，我沒有栽贓他……」

「柯老師人在環島旅行，卻每晚都不辭辛勞回來一趟，是為了安頓森永結衣同學的事吧？」

分毫不差地被她揭穿了。

如果我不每晚從外地回來餵食、餵水，清大小便與換尿布什麼地，森永結衣被湯浩宣與我「救」回來時，哪能那麼活蹦亂跳呀？

要怨，就怨我的小女友吉娃娃太冰雪聰明了。

「柯老師，我所說的，有什麼地方不對嗎？」

「……」

我的無聲勝有聲。

彷彿凝視了我一個小時後，吉娃娃終於流下淚來，從床上坐起，穿回她的衣服。

接著拿起她的包包棄我而去。我想伸臂攔她，卻怎麼也做不到。

我起床著裝十分鐘後，門鈴響了。

我飛也似地跑去開屋門，喜迎迷途知返的吉娃娃：
「吉娃……」
然而，站在屋門外並不是她，而是穿黑色蕾絲小背心與長褲的森永結衣。
「柯老師，我可以進來嗎？」
她擠了擠腮紅下的酒窩問我。
「喔，可、可以啊。」
她脫了腳上的羅馬鞋進屋，將手上拎著的塑膠袋往玄關一放。
塑膠袋裡裝的都是烈酒。
「柯老師，明天我就要回日本了。這些酒，是我為了答謝這段時間柯老師對我的關愛而致贈的。」
「呀，妳太多禮了。我也沒做什麼……」
「柯老師是我的救命恩人啊。要不是柯老師，我現在還會被綁在那間大套房裡，讓張奎龍教授『那個』呢。」
可幸的是，她還被蒙在鼓裡，沒像吉娃娃一樣參透我。
她進廚房找出開瓶器，對我說道：
「就讓我們不醉不歸吧。」
不醉不歸……
森永結衣與她的烈酒來得正是時候。甫痛失吉娃娃的我，也只有這四個字差堪告慰了。
「『大丈夫』。呼乾啦！」

我醒來時，沉甸甸的腦袋好似有千斤重。

天色已暗，時序入夜。乘夜而起的邪惡，也籠罩著我。

我被人給綁住了。

身上的衣褲尚稱完好，但我的兩隻手腕與腳踝都被細繩綁在床頭與床尾；整副軀體呈大字形，躺在我自己的床上。

嘴裡還被塞著毛巾。仍穿著黑色蕾絲小背心與長褲的森永結衣站在一側，見我一醒，便拿口罩遮住我的眼睛。

我這待遇，不就是她去年在這床上時的翻版嗎？

「柯老師睡了五、六個鐘頭。」她的音調四平八穩，沒什麼起伏：「現在，已經是晚上十點半了。」

所以，我被她綁住了五、六個鐘頭？

「『為什麼會這樣、為什麼會這樣』？柯老師的心頭上，現在應該滿是問號吧？」

別管「問號」了。喝了那麼多酒，我想上的是「小號」……

「這是報仇。」

報仇？

她知道了自己去年被囚禁的內幕，因此在回日本的前一天就以牙還牙、以眼還眼？

如果是這樣，妳還少幫我包了尿布啊。

要是包了，我也就不用憋尿憋得這麼苦啦。她又說道：

「不過，不是為了我。」

不是？

「是為了小宮亞實。」

小宮亞實？森永結衣與小宮亞實……

大家好，我是非常、非常、非常愛臺灣的小宮亞實。

這是在上一屆管理學院的交換生迎新晚會中，小宮亞實代表交換生上臺致詞的開場白。

雖然我現在只是一年級，但是在這個學期的交換學習結束後，我會以外籍生的身分繼續在北華大學註冊，唸到我大學畢業為止……

森永結衣彷彿會讀心術似地往下說道：

「她就是因為非常愛臺灣，所以才會來交換學習。這一點，與我反其道而行。」

反其道而行？

「我來北華大學當交換生，是因為我非常、非常、非常地恨臺灣。」

恨？

即使是在陳訴怨念，她的音調還是沒有什麼起伏。

「我恨死這塊土地了……」

可是，恨的來由是？

「要是亞實沒有來這塊土地交換學習，她也就不會死了。」

小宮亞實同學沒有依約來臺灣延續學業，是因為她過世了，

是因北華大學而死嗎？

28

「下個月二十四日，就是亞實逝世滿一週年的日子。」

森永結衣將細繩綁得很緊，讓我連轉一轉手腳關節的餘裕都沒有。

「這三百多天來，我沒有一天不在思念她；沒有一天不在盼望能以我自己的命，去換她的命。」

情操這麼偉大？那為什麼要綁住我？還綁得那麼緊？

「因為，我這條命也是被她撿回來的。」

她開始如那位「秋田人」在Mixi網站上所表述過的，細訴起高校時期放浪的太妹生涯，以及與同班同學增田和也間的愛恨情仇：

染髮、貓眼妝、抽菸、毆辱師長、與學長亂來、霸凌同學……

以為從正牌女友那邊搶到增田，卻被他擺了一道，拍下屈辱的「娼妓照」……

「娼妓照」問世才三天，森永就禁受不住同學的指指點點，在電車站企圖自殺了。

……就在她心灰意冷而要往月臺下縱身一跳時，胳膊被一位同齡的他校女學生給拉住。

「不要、不要做傻事！」

「亞實她捨棄自尊，在電車站那種人那麼多的公共場所裡對我大吼，叫我不要做傻事。

「這一吼，震醒了全心求死的我……

「在風中的月臺上，她那大大的眼睛、長長的頭髮，以及緊拉住我不放的熱切，彷彿都被凍結在時間裡、被凍結在我的心裡，永不褪滅。

「因為她，我舊有的人生改頭換面；也因為她，我轉性愛上女人了。」

是嗎？愛上女人？造化也太弄人了吧？

「用中文的講法，在『鬼門關』前走了一遭的我轉學、搬家，並把自己從頭髮到穿戴改造成男性，好與亞實結為一對戀人。

「不是我老王賣瓜。較之於男性，我與女性談起戀愛來，更為情投意合……」

與小宮亞實是天作之合就是了？我瞭、我瞭。

「高校成績落後的我，終於在她密集的課業輔導下開了竅。否則以我的智力，不要說是進上智了，連上智的邊邊，也不可能摸到。」

什麼都歸功於妳的女朋友……

「我的中文也是她教的。她唸過這邊的國中，中文底子打得很紮實；對臺灣好像著了魔似地，一直想要舊地重遊。

「來北華大學交換學習什麼的，都是她的主見。她人美、頭腦棒、有家教，什麼都好；但只有臺灣的事，她半分也妥協不得。」
這是由於……
「這是由於，她的祖母是大正年間在臺灣花蓮『吉野村』出生，被稱作『灣生』的那一代人啊。日本戰敗後被遣返回國，受盡各種不人道的際遇，因此到死，她的祖母都還對臺灣這塊土地眷戀不已。灣生？有這樣的一群日本人呀……
「這樣的基因，也遺傳給亞實了。她的計畫是先來北華大學交換學習一個學期，為我探一探路，然後再回日本接我，兩個人同來北華大學當外籍生。」
設想得很周全嘛。
「她這個在臺灣讀大學的計畫嘛，在我來講，只要能夠跟她長相左右，即使要割捨上智那麼好的學校不讀、還要遠赴海外，這些都沒什麼。」
為愛走天涯……
「然而，這樣的她卻在完成交換學習、回日本時自殺了！連一封遺書都沒有，就在與我當年的同一個電車站裡，跳月臺自盡。
「為什麼？為什麼？為什麼？說好的計畫呢？說好的愛情呢？我崩潰了……」
她的音調開始分岔。
「做完七天的法事後，我從她手機裡的資料，找出一個有人轉寄給她的網址。
「那是在臺灣的情色論壇中，一段叫什麼『日本正妹無碼ＳＭ實錄、師生大亂鬥』之類的影片。我點擊一看，就知道亞實為什麼要自殺了！
「畫面的粒子很粗，光度也不是很足，但仍拍到了她被一個中年男人以各類姿勢與道具凌虐至極的慘況……

「在影片的前段，中年男人用那話兒插遍亞實身上的洞；在影片的中段，中年男人逼亞實口交、喝精液與生吞排泄物；在影片的後段，中年男人還抱了隻吉娃娃入鏡，讓牠跟我的亞實來場二十分鐘的人獸交。

「看到那裡時，七歲起就沒再掉過一滴眼淚的我，忍不住縱聲大哭了起來。

「諷刺的是，那種非人的戲碼，竟是在亞實最摯愛的土地上搬演。我是個無能的戀人，挽不回她的命，只能讓傷她致死的中年男人一命抵一命。

「那個中年男人是誰？」

我似乎知道自己被綁住的原因了。

「『師生大亂鬥』。於是，我從亞實去交換學習的北華大學資訊管理學系的專任教師照片中一一查對，但並沒有影片中的中年男人。」

森永結衣同學，那、那是因為紀國淵副教授已經跳槽到國立福爾摩沙大學的資訊管理學系去了，北華資管系這邊當然就將他的網頁檔案移除了啊！

妳不會去國立福爾摩沙大學那邊查對查對嗎？

「我一個系一個系地查對，終於在北華大學行銷管理與流通學系的教師網頁中，尋到了那個中年男人。」

所以，學期初要是沒將大頭照交給助教建檔，我就沒這事了。

「柯宇舫兼任助理教授，就是這個渾球！」

我的手心與腳底都在發冷，汗滑過耳畔。

「亞實在自殺前，把她走到哪、帶到哪的手帳與日誌什麼的都銷毀了，我只能從兩張殘留的紙片上，判讀出兩段文字。

「有一張紙片上寫著：

要是沒有在管理學院的交換生迎新晚會上與老師相遇，我就不會被他拍下那種影片了……

「另一張紙片上寫著亞實在交換學習的課餘，去臺灣中、南、東部環島旅行時的住宿資訊。我將那些資訊，寫入了我的筆記本中……」

南投　三分之一島酒店
屏東　愛相隨民宿
花蓮　尤蘭達旅館

「我還在筆記本上寫滿我的報仇計畫。背熟計畫後，再將那幾頁撕毀。豈料……中文是怎麼講的？」

人算不如天算、計畫趕不上變化。

「人算不如天算、計畫趕不上變化。我被張奎龍教授囚禁了一個禮拜，打亂了我的佈局。還好在回日本的前一天走到了這一步，才不會前功盡棄。」

一點都不好、一點都不好，森永結衣同學，妳綁錯人啦，我不是……

「那一天，當柯老師開始用那話兒插遍亞實身上的洞時，怎麼也算不到自己有今天吧？」

那話兒？

森永結衣同學，那個中年男人不可能是我，不可能是我！

因為，在自己的套房以及在「尤蘭達」旅館時，我對森永結衣與吉娃娃伸出過的「條狀物」並不是性器，而是我的手指……

「被刀鋒捅破身體時，劇痛是在所難免的。」森永結衣絮絮叨叨：「我們師生一場，先照會一聲，讓柯老師也好有個防備……」

防備？我被綁成這樣，只能任妳用刀捅到死，還能防備什麼？

一夕之間，我與吉娃娃剛萌芽的老少配戀情，以及盼了七年才盼來的專任教職，全都將化成灰燼啦……

「在迎新晚會上，我不是在廁所門口問過柯老師一句話嗎？」

是的，她問過；我都想起來啦。

> 去年管理學院的交換生迎新晚會，柯老師是否有出席？

我是怎麼回她的？去年的管理學院交換生迎新晚會？有啊有啊。

要是沒有在管理學院的交換生迎新晚會上與老師相遇，我就不會被他拍下那種影片了……

「柯老師對我說了『有』。」森永結衣說：「因此，一切都兜攏啦。害死亞實的人，就是柯老師，不會錯的！」

錯啦錯啦錯啦！那個中年男人是紀國淵副教授，不是我啦！因為，吉娃娃說過……

我們是老師與學生，而柯老師又是一位……

即使柯老師是一位……

「給柯老師最後的辯白時間。還有什麼要說嗎？」

我嘴上的毛巾被森永結衣鬆開，大顆大顆的口水從我的嘴角淌了出來。

「森永結衣同學，妳綁錯人啦！只要妳把我的褲子脫掉，就……」

我和著口水咆哮後，毛巾又被塞回我的嘴裡。

「執迷不悟的傢伙！死到臨頭，還要騙我幫忙脫褲子，想乞求最後的風流嗎？才不讓柯老師這禽獸如願呢！」

森永結衣同學……

只要妳把我的褲子脫掉，就知道我絕不是影片中，加害小宮亞實的那個中年男人了。

雖然我短髮平胸的外在足可欺敵，雖然我的名字「宇舫」兩個字取得很中性，但只要妳把我的褲子脫掉就知道……

其實，我是一個有著女兒身、英文名字由諧音取作「Yvonne」的男人婆啊！
只要妳把我的褲子脫掉，就知道我是位女性，哪來影片中插遍小宮亞實的那話兒呢？
在環島旅行的蘇花段時，我曾對吉娃娃說：

不賭大頭，是要賭「下面」的「小頭」嗎？那個，我可賭不來喔。

賭不來，是因為我沒有啊。
喔，腹部一陣劇痛……
開始捅我啦。森永結衣同學，妳，快脫掉我的褲子啊！

THE END

#【後記】

與一般作者內發的創意不同，《尋找結衣同學》是在「一對搭檔四處破案」的外界建議下，我以類似在學校作文的方式，從「短篇連作」的格式構思出來的。

一對搭檔，好端端地吃飽了沒事，會出於什麼原因而雲遊四方？「尋寶」？「找人」？

後者的點子似乎不錯。既然要找人，一定就是有人失蹤了；然而，想像一種情況：如果失蹤者實際上根本就在找人者的掌握之中，也就是找人者「作賊的喊抓賊」，找人其實是找假的，豈不更有意思些？

於是，《尋找結衣同學》的故事就這樣鋪陳開來。為此，我花了一番工夫設計了不同的人物、橋段與詭計，並逐一去除可能的矛盾點，試圖將首尾繁複的情節以及角色的動機與行為盡量串連得合情合理。

然而，或許是對這種格式不夠熟悉的緣故，脫稿後的成品我橫看豎看，總覺得離正統的「短篇連作」有段落差……

儘管與初衷有異，《尋找結衣同學》的素材卻是來自我人生的各個階段與層面。書中的關鍵人物，那位遠從日本來台灣交換學習的女大學生森永結衣，其姓氏是為紀念我負笈海外時邂逅的女性友人而來；實質上的女主角「吉靜如」的名字與其「吉娃娃」的外號，則是我在大學寫小說時就取好的。

欣慰的是，事隔多年被拿來用在《尋找結衣同學》時，行文間好像也沒有顯得太過唐突。

除了首篇與末篇的〈天外飛來的裸女〉之外，〈搭環湖纜車到此一遊〉、〈偷拍小木屋的狗仔〉與

〈做完了ＳＰＡ，再說吧〉的場景皆取材自過去我在國內的旅遊經驗，但後兩者被作了些許更動：〈偷拍小木屋的狗仔〉的場景被設定在南部，但文中「愛相隨」民宿的雛形，其實是在台灣北部的拉拉山；〈做完了ＳＰＡ，再說吧〉的場景被設定在東部，但文中「尤蘭達」旅館的雛形其實是在台灣中部的苗栗，以此類推。

在這三篇中，〈偷拍小木屋的狗仔〉原是我多年前已寫就的短篇作品，此次是為了《尋找結衣同學》而經改寫後加進來的。令我自己也頗意外的是，除了一個人物的名字外，最終全篇改寫的部分並不算多。

五篇故事的主題一以貫之，都涉及了師生間在高等學府內的不對稱關係。這是一個日後被我逮到時機，就會想一再挖掘的主題。

回顧《尋找結衣同學》的寫作時間，恰好落在無論是我的公領域或私領域內都特別焦頭爛額的二零一四年。工作上，險惡嚴峻的巨浪一波接著一波襲來；我窮於應付之餘，閒暇還得被迫在家中惡質的寫作環境裏與書稿搏鬥。仔細想想，我所有的作品好像沒有例外，都是在這樣兀臬的困局中產生的。

這不知算是幸，還是不幸？

如果從二零一三年九月我僥倖獲得「第三屆島田莊司推理小說獎」的《我是漫畫大王》起算，迄今我已脫稿了五部長篇推理作品。《尋找結衣同學》是其中的第三作，但出版順序卻排第二，且距前作《我是漫畫大王》已歷四載。假如沒有工作與為人認真又熱血的喬齊安編輯，《尋找結衣同學》問世的時程恐怕會被拖得更久，甚至遙遙無期；正因為如此，再加上排版過程中他對《尋找結衣同學》超量的字數展現出的無比寬容與尊重，我要格外對他暨他周圍的團隊成員致上深切的感激之意。

附帶一提，本來關鍵人物森永略顯老氣的「香織」這個名字，即是在他們的巧思下，改為具現代感又富話題性的「結衣」。

此外，為「森永結衣」與「吉娃娃」設計人物插畫的迷子燒老師，則是教我既感謝又羨慕。因為對畫畫情有獨鍾的我，一直到大學畢業前，都還把「漫畫家」當成人生的志向之一……

如果最後這兩個角色能夠贏得讀者的認同甚至喜歡，我敢說書封圖像的影響效果，絕對居功厥偉！

胡杰

要推理34　PG1763

要有光 FIAT LUX

尋找結衣同學Ⅱ：
絕望的歸途

作　　者　胡　杰
插　　畫　迷子燒
責任編輯　喬齊安
圖文排版　周政緯
封面設計　蔡瑋筠

出版策劃　要有光
製作發行　秀威資訊科技股份有限公司
114 台北市內湖區瑞光路76巷65號1樓
電話：+886-2-2796-3638　傳真：+886-2-2796-1377
服務信箱：service@showwe.com.tw
http://www.showwe.com.tw
郵政劃撥　19563868　戶名：秀威資訊科技股份有限公司
展售門市　國家書店【松江門市】
104 台北市中山區松江路209號1樓
電話：+886-2-2518-0207　傳真：+886-2-2518-0778
網路訂購　秀威網路書店：http://www.bodbooks.com.tw
國家網路書店：http://www.govbooks.com.tw
法律顧問　毛國樑　律師
總 經 銷　易可數位行銷股份有限公司
地址：231新北市新店區寶橋路235巷6弄3號5樓
電話：+886-2-8911-0825　傳真：+886-2-8911-0801
e-mail：book-info@ecorebooks.com
易可部落格：http://ecorebooks.pixnet.net/blog

出版日期　2017年2月　BOD一版
上下兩冊不分售，全套定價399元

國家圖書館出版品預行編目

尋找結衣同學 / 胡杰著. -- 一版. -- 臺北市 :
要有光, 2017.02
面 ;　公分. -- (要推理 ; 33-34)
BOD版
ISBN 978-986-94298-1-8(上冊 : 平裝). --
ISBN 978-986-94298-2-5(下冊 : 平裝). --
ISBN 978-986-94298-3-2(全套 : 平裝)

857.7　　106000521

讀者回函卡

感謝您購買本書，為提升服務品質，請填妥以下資料，將讀者回函卡直接寄回或傳真本公司，收到您的寶貴意見後，我們會收藏記錄及檢討，謝謝！

如您需要了解本公司最新出版書目、購書優惠或企劃活動，歡迎您上網查詢或下載相關資料：http:// www.showwe.com.tw

您購買的書名：＿＿＿＿＿＿＿＿＿＿＿＿＿＿＿＿＿＿＿＿

出生日期：＿＿＿＿年＿＿＿＿月＿＿＿＿日

學歷：□高中（含）以下　□大專　□研究所（含）以上

職業：□製造業　□金融業　□資訊業　□軍警　□傳播業　□自由業

□服務業　□公務員　□教職　□學生　□家管　□其它＿＿＿

購書地點：□網路書店　□實體書店　□書展　□郵購　□贈閱　□其他

您從何得知本書的消息？

□網路書店　□實體書店　□網路搜尋　□電子報　□書訊　□雜誌

□傳播媒體　□親友推薦　□網站推薦　□部落格　□其他＿＿＿＿＿

您對本書的評價：（請填代號　1.非常滿意　2.滿意　3.尚可　4.再改進）

封面設計＿＿　版面編排＿＿　內容＿＿　文／譯筆＿＿　價格＿＿

讀完書後您覺得：

□很有收穫　□有收穫　□收穫不多　□沒收穫

對我們的建議：＿＿＿＿＿＿＿＿＿＿＿＿＿＿＿＿＿＿＿＿

請貼
郵票

11466
台北市內湖區瑞光路 76 巷 65 號 1 樓
秀威資訊科技股份有限公司 收
BOD 數位出版事業部

（請沿線對折寄回，謝謝！）

姓　　名：________________　年齡：________　性別：□女　□男

郵遞區號：□□□□□

地　　址：____

聯絡電話：(日) ________________ (夜) ________________

E-mail：____